Susanna Nickl

Die Berge der Barmherzigkeit

Ein niederbayerischer Gardasee-Krimi

Du bist mein, ich bin dein.
Dessen sollst du gewiss sein.
Du bist eingeschlossen
in meinem Herzen,
verloren ist das Schlüsselchen:
Du musst auch für immer darin bleiben.

Unbekannter Verfasser aus dem Mittelalter

Bibliografische Information der Deutschen Nationalbibliothek:
Die Deutsche Nationalbibliothek verzeichnet diese Publikation in der Deutschen Nationalbibliografie; detaillierte bibliografische Daten sind im Internet über http://dnb.d-nb.de abrufbar.

Dieses Buch ist ein Roman und erhebt nicht den Anspruch historischer Korrektheit in allen Einzelheiten, gleichwohl versucht wurde, den zeitlichen Kontext zu wahren.

© 2021 Susanna Nickl
1. Auflage 2021

Autorin: Susanna Nickl
Umschlaggestaltung und Layout: Peter Nickl
Umschlagmotiv: © Kabomani-Tapir auf Pixabay

Verlag & Druck: tredition GmbH, Halenreie 40-44, 22359 Hamburg

ISBN: 978-3-347-25340-7 (Paperback)
ISBN: 978-3-347-25341-4 (Hardcover)
ISBN: 978-3-347-25342-1 (e-Book)

Der einsame Wanderer

Eine dunkle Gestalt, große Schritte, den schwarzen Hut tief im Gesicht. Kein Laut. So konnte es geschehen, dass er unvermittelt vor einem Pilzsammler auftauchte, der sich unter einer Birke nach den Rotkappen bückte, die er gerade entdeckt hatte. Nie sprach er ein Wort, nickte mit dem Kopf – manchmal – und war ebenso schnell verschwunden, wie er erschienen war.

Wenige konnten einen Blick auf sein Gesicht erhaschen, nur eine Momentaufnahme von einem grauen Bart und schwarzen Augen wie polierter Schiefer. Auch ein Jäger, der von seinem Hochsitz aus in den frühen Morgenstunden angestrengt durch den Dunst starrte, der über den Feldern emporstieg, sah den einsamen Wanderer wie einen Schatten am Horizont auftauchen. Spaziergänger und, Liebespaare, die sich hinter einem Stapel von Baumstämmen vergnügten, ein Holzarbeiter und der Förster, der den Befall mit Borkenkäfer taxierte, eine Gruppe von Kindergartenkindern mit ihren Erzieherinnen beim Blättersammeln, eine Gruppe von Nordic-Walkern, die mit ihren Stöcken über den Waldboden klackerten – so viele hatten die eigenartige Gestalt zumindest schon aus der Ferne gesehen.

Seit er das erste Mal gesehen worden war, rätselte das ganze Dorf, wer er wohl sei, ob sein Erscheinen Unheil verhieß, woher er wohl käme und wohin er wohl ginge. Seinem Auftauchen folgten jedoch keine Unwetter, es starben nicht mehr Tiere als sonst, es gab keine Überschwemmungen und es wurde auch nicht den Kühen die Milch sauer. Diejenigen, denen er begegnete, fanden zuhause kein Beutelchen mit Gold, wurden nicht geheilt oder mit ewiger Jugend gesegnet, er erfüllte keine Wünsche, verfluchte niemanden, murmelte keine Zaubersprüche und hexte auch keine Warzen weg.

Er erschien und verschwand, in einem undurchschaubaren Rhythmus, tags wie nachts. Wurde von einem Mutigen eine Frage an ihn gerichtet, antwortete er niemals. Er ging einfach weg.

So hatte man sein Dasein, sein stummes Erscheinen schließlich als „ist-halt-so" akzeptiert und niemand wunderte sich mehr sonderlich darüber.

Die Häsin

Natürlich hätte sie den Strafzettel stillschweigend bezahlen können, wieder einmal. Und natürlich waren es diese 5 Minuten gewesen, genau diese letzten 5 Minuten, die schuld waren. Die Kramerin war nicht zu bremsen wenn sie sich echauffierte, das graugesträhnte Haar zum strengen Knoten gedreht wie ein Topfreiniger, das Gesicht rot vor Wut.

„Und das eine sag ich Ihnen, das nächste Mal lass ich mir das nicht mehr bieten! Meine Semmeln sind nicht trocken!"

Die Häsin seufzte, verstaute die Papiertüte mit den Backwaren in ihrem Korb über den Milchflaschen und steckte das Pfund Kaffee daneben: „Das weiß ich doch, Frau Zwerger. Meinen Sie, ich würde Ihre Semmeln kaufen, wenn sie trocken wären?" (Natürlich waren sie trocken und sie schmeckten wie Papier, aber seit Jahr und Tag ging sie dort einkaufen und sie brachte es nicht übers Herz...).

Als die Häsin aus der Ladentür trat, atmete sie tief ein. Was für ein wunderschöner, bayerischer, blitzblanker Sommermorgen. Ein mildes Lüftchen wehte, es roch nach Bergluft und Frieden. In den Blumenkübeln drängelten sich die Bougainvilles wie aufgeregte Kinder.

Euphrosine summte vergnügt vor sich hin.

Bis sie den Strafzettel sah. Energisch riss sie ihn hinter dem Scheibenwischer hervor und stapfte los ins

Rathaus. Das alte Gemäuer war kühl und still, als wäre es noch nicht richtig wach. Eine Zugehfrau fuhr mit dem Wischer über den Marmorboden und grüßte mit einem kurzen Nicken. Zitronenduft.

Der Bürgermeister saß an seinem Schreibtisch, drehte einen Kugelschreiber in seinen Fingern und begann zu grinsen, als er die Häsin sah. „Frau Hase, ich weiß von nichts!" kalauerte er vergnügt.

„Sehr witzig. Sehr, sehr witzig, Leopold", die Häsin war nicht besonders gut gelaunt. „Weißt, Leopold, am besten richte ich jetzt einen Dauerauftrag bei meiner Bank ein: 60 € pro Monat, für Strafzettel – dann kannst du etwas für den Wald tun und dein Papier sparen!"

Der Bürgermeister strich sein grünsamtenes Trachtenwesterl glatt, als er aufstand. (Ein bissel knapp saß es – seine zweite Frau, die Mizzi, kochte entschieden zu deftig.)

„Weißt, Euphrosine, ich kann ja für dich keine Extrawurst braten. Parkverbot ist Parkverbot – für jeden, auch für eine Frau Hase. Und du müsstest eigentlich wissen, wo man parken darf und wo nicht, du bist ja schließlich hier aufgewachsen."

Eine attraktive Frau war sie, die Euphrosine Hase, ein paar Kilo zu viel vielleicht, aber an den richtigen Stellen, die roten Locken in ungewöhnlichem Kontrast zu den braunen Augen, ein energisches Grübchen im Kinn – er hatte sie schon immer gern angesehen. In der Grundschule war er 4 Jahre neben ihr gesessen, glücklich, geduldet. In der dunkelblauen Cordhose mit doppelt aufgenähtem Saum, da wächst der Junge schon rein.

Sie hatte sein Diktat aus den Augenwinkeln Korrektur gelesen und ihm heimlich seine Schreibfehler zugeraunt, damit er sie verbessern konnte. Manchmal hatte er ihr dafür die Hälfte von seinem Pausenbrot gegeben, wenn keiner herguckte von den anderen. Und wenn keine Leberwurst darauf war. Die mochte er am liebsten.

Aber an dem Tag nachdem man ihre Mutter auf dem Dachboden gefunden hatte, dünn und steif an einem Seil – „Das Kind soll trotzdem in die Schule gehen, dann ist sie ein bissel ablenkt. Es weiß ja eh jeder, das mit ihrer Mutter." – da hatte er sein Leberwurstbrot in der Mitte auseinandergerissen.

Am liebsten hätte er ihre Hand genommen, so blass und stumm wie sie dastand. Wie eine blattlose Blume. Aber chancenlos war er, chancenlos seit jeher.

„So, Strafzettel beiseite, Leopold, was ich dich noch fragen wollte: Wer ist eigentlich in die alte Bergmeier-Villa am Ortsende eingezogen? Ich hab gehört, dass sie verkauft worden ist und es wohnen auch schon Leute drin."

Der Bürgermeister kratzte sich am Kopf, schnaufte tief ein: „Eine italienische Familie mit drei erwachsenen Kindern, die aber auswärts studieren – frag mich nicht, wo. Er ist Ingenieur und sie malt, oder singt. Geld haben die wie Heu, das hat alles sie mit in die Ehe gebracht."

Euphrosine Hase grinste: „Eine unabhängige Frau, sehr schön! Ich werd bei Gelegenheit mal vorbeischauen, weil neugierig bin ich ja überhaupt nicht, wie du weißt."

Leopold Altinger verdrehte gespielt entnervt die Augen: „Bei Gott, Euphrosine, neugierig bist du wirklich nicht!"

Die rotweiße Markise des kleinen Eiscafés am Stadtplatz blähte sich und hielt ihren gerüschten Rock der Sonne entgegen. Was für eine nette Einladung! Antonio kam sogleich hinter seiner Eistheke hervor, als er Euphrosine erblickte, die an einem der kleinen runden Tische Platz genommen hatte.

„Signora Leprotto! Buongiorno! Wie geht es an diese wunderbare italienische Morgen?"

Er durfte das. »Leprotto«, »Häslein«, so nannte er sie, seit sie klein war. Schon als Kind hatte sie hier ihr Eis gekauft: „Eine Kugel Zitroneneis bitte."

Euphrosine Hase war sozusagen mit Zitroneneis groß geworden. Antonio Ricchione war das kleine rothaarige Mädchen, das auf so tragische Weise seine Mutter verloren hatte, früh ans Herz gewachsen. Ihre Kugel Eis machte er stets besonders groß.

„Danke, Antonio, ganz gut", sie grinste, „außer, dass ich mal wieder einen Strafzettel bekommen habe."

Antonio lachte: „Herr Bürgermeister sieht gerne bella Signora – wenn er hat Sehnsucht, er lässt Strafzettel machen!"

Witzbold, italienischer. Euphrosines Herz wurde weich – sie mochte diesen lebhaften Alten mit den sorgfältig nach hinten frisierten watteweißen Haaren und der runzligen Haut. Von März bis Oktober war er wie eine emsige Ameise in seinem blitzsauberen Eiscafé beschäftigt, zauberte und kreierte die verschiedensten Eissorten, buk Limoncello-Tarte und Schokoladenkuchen, Amarettini, Cannoli und Mandorlini. Es brodelte und fauchte, wenn der Espresso mit seiner unvergleichlichen Crema aus der Maschine kam und niemand konnte das so zelebrieren wie Antonio. Er servierte die besten Spezialitäten mit einem unwiderstehlichen Lächeln.

Als die Häsin nach einem großen Cappuccino in ihr Auto stieg, fiel ihr eine Limousine mit italienischem Kennzeichen auf, die am Straßenrand vor dem Antiquitätengeschäft parkte.

15 € schätzte Euphrosine Hase – wenn sie länger dort stehen bleiben, werden es 30 €.

Die Ladentüre wurde aufgerissen und eine Dame in einem sehr eleganten beigefarbenen Designerkostüm und farblich genau passenden Lackpumps stöckelte heraus, Missmut im Gesicht – zusätzlich zu einem perfekten Makeup. Sie schimpfte auf Italienisch vor sich hin, riss die Tür der Limousine auf, hätte damit fast den Niedermeier-Opa vom Fahrrad gefegt und brauste davon.

Euphrosine Hase und die ihr eigene Neugier fochten einen stillen Kampf aus, den Euphrosine wie (fast) immer verlor. Sie zog ihren Lieblingsring vom Finger, den sie von ihrer verstorbenen Mutter geerbt hatte und öffnete die Ladentüre.

Ein Glöckchen bimmelte, der Geruch von Naphtalin stieg ihr in die Nase und während ihre Augen sich an das Halbdunkel des Verkaufsraumes gewöhnten, nahm sie die schier unglaubliche Menge an Antiquitäten wahr, die sorgsam drapiert und inszeniert in den Regalen, auf Tischchen und Stühlen Platz hatten. Schildkröt- und Käthe Krusepuppen saßen in Grüppchen zusammen auf einem kleinen Samtsofa und tranken Tee aus goldgerandeten Tässchen. Gläserne Vitrinen umfingen Herden von Teddybären und Steifftieren mit glänzenden Knopfaugen (um Mitternacht wurden alle lebendig), Porzellanteller, Spitzendeckchen, Ölgemälde, die so düster waren, dass man das Motiv nur noch erahnen konnte, Christbaumkugeln aus blindem Silber, einzelne Löffel, Gabeln und Messer aus Alpaka, Lampenschirme, Döschen mit lackiertem Deckel, Werbeschilder aus Email und unter der Glasplatte des Verkauftresens eine ansehnliche Auswahl antiken Schmuckes.

Zum Glück hatte Jiri Vachek nur selten Kundschaft, denn jedes verkaufte Teil hinterließ eine schreckliche Lücke in dem zerbrechlichen Arrangement.

Euphrosine war sich sicher, dass er, wenn er allein im Laden war, mit den Puppen sprach.

So war er auch einigermaßen erstaunt, dass er an diesem Vormittag bereits zwei Kundinnen in so kurzer Zeit in seinem Laden begrüßen durfte. Glücklicherweise hatte er heute Morgen den besseren seiner beiden dunklen Anzüge gewählt. Die letzte ihm verbliebene Haarsträhne hatte er wie stets sorgfältig mit Pomade über die blanke Kopfhaut gelegt. Deshalb vermied er tunlichst allzu heftige Kopfbewegungen, um den akkuraten Sitz dieses Reliktes der Jugendzeit nicht zu gefährden.

Jiri Vachek deutet ein Nicken an und trat einen Schritt zurück, als die Häsin auf ihn zukam. Ihre forsche und lebhafte Art verunsicherte ihn.

„Ah, Grüß Gott, Herr Vachek. Ich wollte Sie um Ihr fachkundiges Urteil bitten!"

Der Vachek konnte sich eines herablassenden Lächelns nicht erwehren.

„Ich habe hier einen Ring, ein Familienerbstück, er stammt von meiner Mutter. Können Sie mir etwas darüber sagen und wieviel er in etwa wert ist?"

Jiri Vachek vermied es, den Ring zu berühren, solange er sich in Euphrosines Hand befand und wartete, bis sie ihn auf die Samtauflage des Tresens gelegt hatte. Jetzt erst nahm er ihn und legte ihn auf die Waage, hielt ihn gegen das Licht, betrachtete den Ring unter der Lupe, drehte ihn hin und her und ... schwieg.

Die Häsin ließ das Schweigen eine Weile bestehen, dann zog sie eine Augenbraue hoch und hüstelte.

Jiri Vachek legte den Ring auf die Samtauflage zurück, nahm Haltung an und deklamierte: „Bei diesem Schmuckstück handelt es sich um einen sehr alten Goldring, mit Sicherheit mehrere hundert Jahre alt, mit einem sehr schönen, ca. 3 Karat schweren, herzförmig geschliffenen Taubenblut-Granat in einer Zargenfassung. Rings um den Zentralstein sind kleine Perlchen, Saatperlen nicht unähnlich und in Golddraht gefasst, angebracht. „So etwas außergewöhnliches habe ich noch nie", der Vachek räusperte sich aufgeregt, „noch niemals gesehen!"

11

Die Häsin staunte. Ob er denn eine Preisvorstellung habe?

Vachek wand sich. Schwäche zuzugeben war nicht seine Stärke. „Das müsste man einem Fachmann, also das muss ein Spezialist, vielleicht ein Auktionshaus oder so."

„Aha", sagte die Häsin, aha. „Nun, zunächst einmal danke für Ihre Einschätzung" – Jiri Vachek nickte vorsichtig mit dem beklebten Kopf – „und dass Sie sich Zeit genommen haben, wo Sie doch heute so beschäftigt sind. (Die Häsin fühlte sich boshaft). Sie können mir sicher nicht sagen, ob die italienische Dame, die vorhin Ihren Laden verlassen hat, zu der neu zugezogenen Familie gehört?"

Jiri Jaroslav Vachek war empört: Indiskretion hatte noch niemals zu seinen Gepflogenheiten gehört!

Euphrosine Hase beugte sich weit über den Tresen und kam ihm gefährlich nahe. Er spürte ihren Atem und roch ihr Parfüm und konnte, auch das noch, den Ansatz ihres Busens sehen.

Während ihm das Unwohlsein von den Waden bis in den Hinterkopf kroch, hörte er sich selbst sagen: „Das war Signora Visconte, sie hat kürzlich mit ihrer Familie die Villa Bergmeier erworben." Auf seiner Stirn glitzerten winzige Schweißperlen.

Die Häsin ließ von ihm ab. Als das Glöckchen das Schließen der Ladentür eingeläutet hatte, wankte Jiri Vachek in die Küche, um sich einen Melissentee zu kochen.

Sie ließ das Auto gemütlich heimzuckeln, mit lockerem Zügel sozusagen, während ihre Gedanken munter vor sich hinspazierten.

Euphrosine hatte keine Eile, der Tag war noch jung und es erwartete sie niemand. Ihr Haus lag an einer Waldlichtung, flankiert von Birken auf der einen und einem Bachlauf auf der anderen Seite. Den Wald im Rücken mit seinen verschiedenen Grüntönen, die er nur im Frühling für kurze Zeit trug, wirkte das Gebäude aus dem vergangenen Jahrhundert wie eine freundliche alte Dame mit gebauschtem Häubchen.

Euphrosine hing an dem Haus. Sie hatte es von Tante Gundula geerbt, von der sie nach dem Tod ihrer Mutter aufgezogen worden war, hatte es liebevoll renoviert, die Fensterläden und die Haustür blau gestrichen, das Dach neu eindecken und die Auffahrt neu kiesen lassen. Sie hatte die Decken und Wände gestrichen, die Böden geschrubbt, die Fensterbretter abgeschliffen und eingelassen und einen Raum nach dem anderen eingerichtet. Behutsam. Um das Haus nicht zu erschrecken.

Manchmal, nachts, ächzte und knackte es, als sei es lebendig und recke sich im Schlaf.

Als Euphrosine Hase an diesem Abend das Licht löschte, ahnte sie nicht, dass nichts mehr so sein würde wie zuvor.

Der Hofnarr

Der König freute sich wie ein Kind über seine Überraschung. Er klatschte mehrmals laut in seine riesigen Hände und lachte aus vollem Hals: „Herein mit ihm, herein, herein!"

Der Hofstaat an der Tafel drehte die Köpfe, suchende Blicke, gespannte Mienen. Was war zu erwarten? Was hatte der König vor? Ein Tuscheln und Zischen zog durch den Raum, es wurde gekichert und gebrummt. Die Fanfare erscholl und in die Mitte der großen Halle sprang mit großen Schritten ein farbenprächtig gekleideter Mann mit Schnabelschuhen und einer bunten Kappe auf dem Kopf, aus der hier und da schwarz gekringeltes Haar hervorlugte. Seine dunkelbraunen Augen blitzten.

Kleine Glöckchen waren am Saum seines Kleides angenäht, die bei jeder Bewegung klingelten. Der Narr hielt ein Instrument in der Hand, das, einer halben Birne nicht unähnlich, aus hellem Holz bestand und dessen runde Schallöffnung mit einer geschnitzten Rosette verziert war. Über den breiten Hals liefen Saiten, die in einen nach rückwärts abgeknickten Wirbelkasten mündeten. Am oberen Ende des Halses waren lange bunte Bänder befestigt, die bei jeder Bewegung des Instrumentes tanzten.

Ein Raunen lief durch die große Halle. Liutgard beugte sich vor, um besser sehen zu können.

Die Abendsonne fiel schräg durch die hohen Glasscheiben und goss ihr Licht auf den Steinboden und den bunten Gesellen, der da vor den kostbar gekleideten Herzögen, Vasallen und Edelfrauen an ihren breiten dunkelbrauen Holztischen, die unter den vielen dampfenden Schüsseln, Platten, Krügen und Bechern kaum noch zu sehen waren, stand.

Der Narr hob sein Gesicht der Sonne entgegen, lächelte wie zum Gruß, verbeugte sich tief in Richtung des Königs und seiner Gattin und setzte sich. Er hob die Laute zärtlich wie eine Frau auf seinen Schoß und begann zu spielen.

Es wurde ganz still im Saal. Seine Virtuosität nahm die Zuhörer sofort gefangen. Viele schlossen die Augen, um sich ganz den Tönen zu überlassen, die der Narr seiner Laute entlockte.

Seine Finger perlten den schlanken Hals entlang, erzählten eine Geschichte. Die rechte Hand streichelte über die Saiten, klopfte, schlug, zupfte zornig, leidenschaftlich oder behutsam, um den verklingenden Ton sogleich ekstatisch in sich aufzusaugen.

Dabei verschmolz er mit seinem Instrument, sein Blick war verklärt. Eine Magie entströmte, der sich niemand entziehen konnte und die den ganzen Raum verzauberte. Als der letzte Ton verklungen war, stand die große Halle still. Keiner wagte zu atmen.

Jemand hatte die Zeit angehalten.

Liutgard war wie vom Blitz getroffen und konnte sich mehrere Minuten lang nicht bewegen. Erst der frenetische Beifall ihres Vaters riss sie aus ihrer Erstarrung.

Der Hofnarr hob den Kopf und sein Blick versank in Liutgards Augen. Ein großes weißes Licht flammte in ihrem Inneren auf. Himmel hilf, dachte Liutgard.

König Otto machte eine einladende Handbewegung, die dem Narren bedeutete, sich zu seinen Füßen auf die Stufen zu setzen.

Der Hofnarr nahm nahe bei Liutgards Füßen Platz.

Sie spürte seine Wärme, er atmete schnell und hielt den Blick gesenkt.

Liutgard betrachtete seine Locken, die sich wie neugierige Kinder in alle Richtungen bogen und hier und da bereits einen Silberfaden führten, seine Ohrmuschel, durch die das Abendlicht rosa schimmerte und die wie eine Pusteblume von hellem Flaum überzogen war, die sorgsam rasierten Wangen mit dem energischen Unterkiefer und blickte lange und sehnsüchtig auf seine Lippen, die sich im Schatten einer großen und gebogenen Nase zu einem leichten Lächeln verzogen.

Ein Kribbeln von den Wangen bis zu den Zehen lief durch ihren Körper und der sehnsüchtige Wunsch, ewig hier neben ihm sitzen zu dürfen, blühte in ihrem Herzen auf wie eine Blume.

Langsam drehte der Narr seinen Kopf, suchte ihren Blick und sah Liutgard an, als könne er bis in ihr Herz sehen.

Ganz heimlich nahm er ihre Hand und als niemand hinsah, küsste er ihre Fingerspitzen, eine nach der anderen.

Ihr Herz begann zu vibrieren und das Blut sauste in ihren Ohren. Den Blick gesenkt, hoffte sie, dass niemand bemerkte, wie heiß und rot ihre Wangen sein mussten.

„Nun, hat er auch einen Namen?" König Otto hatte sich zur Seite gewandt und fixierte den Narren.

Liutgard fuhr zusammen. Liebster ist dein Name, dachte sie, Liebster.

Der Narr erhob sich und verbeugte sich tief: „Nennt mich Melchior, Majestät."

Sie sah ihn lange an, lächelte ein wenig und sagte in ihrer warmen, vollklingenden Altstimme: „Melchior. Wie schön."

Er verbeugte sich vor der Königstochter, neigte den Kopf, nahm seine Laute und verließ auf ein Zeichen von König Otto den Festsaal.

Die Villa

Als Euphrosine über den Fuß fiel, war es etwa 17 Uhr 30. Er steckte noch immer in dem beigefarbenen Lackpumps und ragte ungefähr 50 cm aus der Mauer heraus. An einer Stelle, an der wirklich niemand mit einem Fuß in Horizontallage rechnen konnte.

Der Häsin wurde sofort schlecht. Sie ließ sich auf den Steinboden gleiten und schloss die Augen.

Tief durchatmen. Einundzwanzig, zweiundzwanzig, drei und – Himmeldonnerwetter, was bildete sie sich nur ein.

Mach die Augen auf, Häsin, du spinnst ja! Strengsein half manchmal. Diesmal nicht.

Es dauerte eine ganze Weile und kostete sie eine ordentliche Portion Mut und gelang nicht auf das erste Mal. Zuerst mal durch den Wimpernkranz blinzeln. Vielleicht ist er ja weg. Sah aber nicht so aus.

Ungerührt steckte der Fuß in der frisch verputzten Wand. Das Mauerwerk roch feucht. Euphrosine öffnete die Augen ganz. Der Fuß bewegte sich nicht und hatte eine ganz normale Farbe, trug einen teuren hauchdünnen Strumpf, wie vermutlich der nicht sichtbare Fuß Nummer 2 (wo war er eigentlich?) auch. Sie kroch auf allen Vieren vorsichtig näher.

Der Lackpumps schien ganz neu zu sein und glänzte. Der Absatz war nicht abgelaufen, vermutlich 10 cm hoch und die Sohle wies nur geringe Abriebspuren auf.

Viel hat er nicht von seinem neuen Schuh gehabt, der Fuß, sinnierte die Häsin und fand sich schrecklich albern in Anbetracht der Tatsache, dass zu dem Fuß ja noch der restliche Körper gehören musste.

Fuß und Schuh waren jedenfalls heute Morgen zusammen im Antiquitätengeschäft gewesen. Falls der Schuh nicht seine Besitzerin gewechselt hatte.

Euphrosine Hase hatte am Nachmittag beschlossen, einen Begrüßungsbesuch in der Bergmeiervilla zu machen, die 5 Minuten von ihrem Haus entfernt am Ortsausgang lag.

Viele Jahre hatte sie leer gestanden, nachdem die beiden unverheirateten Schwestern, eine nach der anderen, gestorben waren. Die beiden alten Damen waren nicht unvermögend und hatten das Haus stets in Schuss gehalten.

Die Handwerker des Ortes sahen in dem Gebäude aus dem 19. Jahrhundert eine feste Einnahmequelle, denn sobald das Haus auch nur einen kleinen Mucks machte, wurde sofort repariert. So hatte die Bergmeiervilla auch die Jahre, die sie ohne Bewohner verbringen musste, gut überstanden.

Da es keine Erben oder Nachlassempfänger gab, beauftragten Yolante und Adelgund Bergmeier den Bürgermeister, dafür zu sorgen, dass er nach ihrem Tode nach dem rechten sah, immer wieder einmal lüftete und den Verkauf initiierte.

Brot und Salz und einen Blumenstrauß hatte die Häsin im Fahrradkorb, als sie nach einem ausgiebig zelebrierten Milchkaffee und einem Stück Kirschkuchen auf ihrer Terrasse den Entschluss gefasst hatte, an diesem herrlichen Sommernachmittag die Nachbarn in der Villa willkommen zu heißen.

Als Euphrosine vom Rad stieg und es an den Stamm eines alten Apfelbaumes lehnte, stellte sie fest, dass sie wohl vergebens gekommen war: Es stand kein Auto in der Auffahrt, kein Laut war zu hören, nur der Betonmischer wartete auf seine Aufgabe.

Bis auf das fröhliche Gezwitscher der Vögel und das Rauschen der Bäume herrschte eine eigenartige Stille. Ganz in der Ferne summte ein Rasenmäher.

Sie klopfte unüberhörbar an die hölzerne Haustür, rief auch mehrmals „Hallo?!"

Schließlich öffnete sie die Tür und trat von der gleißenden Helle geblendet in den dunklen Flur.

„Hallo, ich bin die Nachbarin, ich wollte nur kurz Grüß Gott sagen."

„Buongiorno …?" Die Häsin hatte ein paar unsichere Schritte ins Dunkle gemacht und sich auf dem Boden wiedergefunden.

„Leopold", piepste die Häsin in ihr Handy. Wie hatte sie nur mit so zitternden Fingern seine Nummer wählen können.

Der Bürgermeister freute sich mehr, als er zugeben wollte.

„Leopold, ich bin über einen Fuß gestolpert!"

Der Leopold lachte: „Ja, das ist mir auch schon oft passiert, meistens über meinen eigenen!"

Die Häsin schnüffelte. „Der Fuß steckt in einer Mauer. Leopold komm her!"

Leopold Altinger war ein Mann der Tat wenn es sein musste.

In wenigen Minuten (die Häsin war später nicht davon abzubringen, dass sie mehrere Stunden neben dem Fuß ausharren musste) war er mit den Beamten vor Ort. Kurz darauf traf auch der Gerichtsmediziner Dr. Sacherl ein.

Die Tote war in dem Verschlag unter der Treppe eingemauert worden, der Putz war noch frisch.

Sie war in der Nische zusammengesunken und der Fuß war durch den feuchten Mörtel zusammen mit einem Ytongstein ins Leben zurückgerutscht.

Euphrosine Hase betrachtete das nicht mehr ganz junge, sorgfältig geschminkte Gesicht.

Die Tote wirkte müde, das schwarz gefärbte, feuchte Haar klebte am Kopf, die Hände mit den violett lackierten Nägeln lagen seltsam verdreht neben dem Körper. Sie trug goldene Ohrringe und eine dazu passende Kette.

Die Häsin erkannte das teure beigefarbene Kostüm wieder, das sie heute Morgen gesehen hatte.

Das Haus selbst war leer, in keinem der Räume fand sich irgendein persönlicher Gegenstand. Eine dünne Staubschicht (der Bürgermeister schickte alle 2-3 Monate die Gemeindezugehfrau in die Villa, um das Haus in einem einigermaßen ansehnlichen Zustand zu halten, falls es jemand besichtigen wollte) lag auf den Möbeln.

Als die Häsin ihre Aussage gemacht hatte, schob sie nachdenklich ihr Fahrrad, das noch immer am Apfelbaum lehnte, als sei nichts gewesen, nachhause.

Irgendetwas machte sie stutzig. Was war es nur. Irgendetwas fehlte. Perfekt gekleidet, geschminkt, geschmückt, feine Strümpfe, gut frisiert. Doch das Outfit war nicht perfekt – was fehlte denn nur ...

Natürlich!

Die Handtasche! Wo war die Handtasche?

Sein Herz klopfte wie verrückt. Er schnaufte noch heftig vor Anstrengung, voll von Adrenalin bis in die Haarspitzen.

Als er die rothaarige Dicke in ihrem albernen Blümchenkleid heranradeln sah, konnte er sein Glück kaum fassen: Sie, ausgerechnet sie würde sein Wunderwerk als Erste bestaunen dürfen.

Er war ein bisschen stolz auf sich, weil es ihm so außergewöhnlich gut gelungen war.

Er sah sie absteigen und das Rad an den Apfelbaum lehnen und dann hörte er sie im Haus rufen: „Hallo, ich bin die Nachbarin!" Die Spannung war kaum zu ertragen.

Er sog die Luft durch die geschlossenen Zähne, um sich zu beruhigen.

Viele Male hatte er sie beobachtet, Kaffee trinkend auf ihrer Terrasse oder wie sie im Haus umher ging und mit dem Kater redete.

Die seltenen Male, die er durch die Räume schlich, wenn sie nicht zuhause war, ihren Kühlschrank öffnete, um zu sehen, was sie aß, mit der Hand unter die Bettdecke fuhr, um zu fühlen, wo sie schlief und ihre Unterwäsche aus der Schublade nahm und sie an sein Gesicht drückte, waren Momente größten Glücks.

»Ich sehe wen, den du nicht siehst ...«

Nicht mehr lange und dann bist du fällig. Hab Geduld, nur noch ein wenig Geduld ...

Er fletschte die Zähne und schlich sich davon.

Konrad der Rote

Es war ein kühler, aber sonniger Morgen des Pfingsttages 947. Die Vögel gaben seit Sonnenaufgang ein fröhliches Frühkonzert, das Liutgard geweckt hatte. Sie zwitscherten so laut, dass sie sich wunderte, dass die gefiederten Sänger nicht heiser wurden.

Unter dem schweren Baldachin des dunklen Holzbettes malte das Licht des erwachenden Tages, das von den Glasfenstern des Ostflügels reflektiert wurde, bunte Kreise auf die Bettdecke.

Eine Magd begann mit dem Füllen des großen Holzzubers. Immer wieder kam sie die vielen Stufen von der Küche mit Eimern heißen Wassers heraufgeschnauft und schüttete es in die hölzerne Wanne.

Ihre persönliche Zofe wartete bereits, um die Wassertemperatur zu prüfen, damit ihr Liebling sich nicht verbrühte. Ihre treue, alte Rosina ...

Vieles hatte sie gehört, das sie nicht hören durfte, vieles gespürt, das sie nicht wissen sollte und alles verstanden. Mitgetragen, mitgelitten, aber nie mitgeteilt.

Liutgard, obgleich ihrer bedingungslosen Treue sicher, war insgeheim doch beruhigt, dass ihre gute alte Rosina nicht sehen konnte.

Langsam glitt sie in das warme Wasser und genoss, dass Rosina ihr den Rücken mit Seifenkraut schrubbte. Nebenbei tunkte sie ein kleines Leinentuch in Wein und polierte ihre Zähne. Nach dem Abtrocknen kämmte ihr die Zofe das lange Haar und parfümierte es mit Duftpuder der mit fruchtig-frischem Bergamottöl gemischt war. Liutgard wurde angekleidet und geschmückt.

Zuletzt steckte sie behutsam und sehr bewusst den Ring mit dem herzförmigen Granat an ihren linken Ringfinger. Dein für immer.

Als Rosina ihr den mit Perlen und Edelsteinen besetzten Reif, den Schapel, auf die Stirn drückte und sie das kühle Metall spürte, wusste Liutgard, dass es kein Zurück mehr gab.

Immer wieder hatte Konrad der Rote bei ihrem Vater, König Otto I., Andeutungen gemacht und sie mit wohlwollenden Blicken gemustert.

Die Herzogtümer Sachsen, Franken, Schwaben hatte Otto durch geschickte Familien- und Heiratspolitik bereits geeint. Nun sollte der Salier Konrad die Hand seiner Tochter und das Herzogtum Lothringen bekommen.

In einer Muntehe verkaufte Otto Liutgard an Konrad.

Die 16-jährige Braut trug, wie es Brauch war, das Haar offen. Die roten Locken fielen über den breiten Pelzkragen aus Bärenfell. Das reich bestickte Hochzeitskleid aus grünem Samt passte wunderbar zu Liutgards weißer Haut.

Die Verwandtschaft hatte sich bereits in der großen Halle versammelt und bildete einen großen Kreis.

Der Sippenälteste stand bereit, ebenso der Bräutigam, Konrad der Rote, ein bulliger Mann von derber Statur, mit großen, harten Händen, buschigen Augenbrauen, wirrem, feuerroten Haar und einem roten Backenbart. Seinem scharfen Blick aus den dunklen Augen entging nichts.

Liutgard hegte keine Sympathie für ihn, sie fürchtete sich vor seinem tiefen und lauten Lachen. Zaghaft näherte sie sich. Ihre Füße wollten sich so gar nicht bewegen und brachten sie schließlich doch Konrad näher.

Sofort hatte er sie erspäht und gab ein Handzeichen, damit der Kreis geöffnet wurde und Liutgard ihrem Bräutigam gegenübertreten konnte.

Konrad trug sein bestes Wams, reichlich Silberschmuck, einige wertvolle Ringe an den Fingern, seinen golddurchwirkten Umhang und ein reich verziertes Schwert an der Seite.

Als Liutgard neben ihm stand, bemerkte sie erst, wie hünenhaft er war. Voll banger Vorahnung betrachtete sie seine fleischigen Hände.

In den Minuten, als der Sippenälteste sie rechtmäßig befragte und Liutgard ein „Ja" murmelte, Konrad der Rote ihre Hände nahm und ihr, wie es der Brauch war, auf den Fuß trat um zu bekräftigen, dass die Braut nun sein Eigen war – in dieser Zeit dachte Liutgard nur an den Einen, nur an ihn.

Sie spürte seine Anwesenheit und seinen Blick auf ihr ruhen, aber sie wagte nicht, ihn anzusehen. Sie hätte sich und ihn verraten. Nicht einen Wimpernschlag erlaubte sie sich, verbat sich jedes Zucken ihres Mundes. Niemand, niemand soll unser Geheimnis erfahren.

Du in mir und ich in dir. Für immer.

Der Jesuit in der dunkelbraunen Kutte und dem Strick um die Hüfte segnete die Brautleute und Konrad brach in ein befreites Gelächter aus, das Liutgard zusammenzucken ließ.

„Jetzt feiern wir, jetzt kommt zum Hochzeitmahl. Ihr seid alle geladen. Esst und trinkt so viel ihr könnt! Es soll an nichts fehlen!"

Drei Tage lang wurde gefeiert, gelacht, getanzt, gesungen, getrunken und gegessen.

Die Tische bogen sich unter köstlich duftendem, scharf gewürztem Schwein vom Spieß mit Sauerkirschsoße, gebratenem Fisch, Huhn mit gelber Pfeffersoße die mit Honig gesüßt und mit Brot angedickt war, es gab Wild aus den umliegenden Wäldern mit in Senf eingelegten Früchten, kandiertes Obst, Brot, Wein und Bier. Gaukler, Feuerspucker und Spielleute unterhielten die Gäste.

Konrad hatte darauf bestanden sich mit seiner jungen Gemahlin ein Gedeck zu teilen: „Ein Vorgeschmack auf später." Er lachte laut.

In seinem Bart hatten sich Essensreste verfangen. Liutgard ekelte sich. Und sie fürchtete sich vor dem Abend des dritten Tages.

Doch dieser kam, unaufhaltsam, unerbittlich.

„Ich bin bereit", schrie nun Konrad, um den Geräuschpegel zu übertönen, „ich bin bereit!" Und hob den Becher, wobei er die Hälfte des Inhalts verschüttete.

Die Gäste johlten und klatschten.

Jemand riss Liutgard am Arm nach oben, die Anwesenden, die zu Zeugen bestimmt waren, wankten lachend mit Konrad und Liutgard die Treppe hinauf, in die Brautkammer.

„Ich bin bereit, das Ehebett zu beschreiten!" schrie Konrad und ließ sich in die Kissen fallen.

Liutgard nahm den Schapel ab und legte sich neben ihn. Ihr Herz klopfte so sehr, dass es aus dem Takt geriet. Jemand deckte beide mit einer prächtig gestickten Decke zu.

Für dich, Liebster, für dich – damit wir beide am Leben bleiben. Tränen schossen ihr in die Augen als Konrad der Rote über sie herfiel.

Der See

Die Wellen klatschten mit einem schmatzenden Geräusch an das kiesige Ufer des Gardasees. Zu dieser Tageszeit war das Wasser noch klar und ermöglichte einen ungetrübten Blick auf die Steine am flachen Uferrand.

Kleine silberglänzende Fische zuckten darin hin und her. Sie schienen die Sonnenstrahlen zu genießen, die auf der Seeoberfläche tanzten.

Am gegenüberliegenden Ufer zeichnete sich in der Ferne Monte Cadria mit seinem schneebedeckten Gipfel und in verschiedenen Blautönen die Silhouette der Kalkalpen ab.

Liutgard hatte auf einem größeren Stein am Wasserrand Platz genommen und spürte den leichten Wind, der über ihr Gesicht strich.

Früher, dachte sie, hätte ich die Brise in meinen Locken spüren können. Doch seit der Heirat mit Konrad hatte sie das Haar unter einem weißen Schleier zu tragen.

Mit den Füßen konnte sie das Wasser, das sie so sehr liebte, spüren. Es war kühl und weich und umspülte ihre Zehen.

Seit fast einem Jahr nun waren Liutgard und Konrad der Rote verheiratet. Er hatte ihr nach der Hochzeitsnacht den *complesso monastico* von San Salvatore mit seinen drei Kreuzgängen am Lago als Morgengabe geschenkt, sowie das kostbare Desideriuskreuz, das der letzte langobardische König dem Benediktinerinnen-kloster gestiftet hatte.

Es war mit 211 Edelsteinen geschmückt und einer Vielzahl antiker Gemmen und Kameen besetzt und somit einzigartig in seiner Größe und Kostbarkeit.

Das ungewöhnlichste daran war jedoch ein Glasmedaillon, mit einer Abbildung in Blattgold, das eine Mutter mit Tochter und Sohn zeigte und so ausdrucksstark gestaltet war, dass sogar der Charakter der dargestellten Personen spürbar wurde.

Liutgard war hingerissen von diesem Kleinod, das im obersten Stock des Oratoriums aufbewahrt wurde.

Oft stand sie davor und betrachtete lange die einzelnen Abbildungen: eine Kamee aus Karneol mit den Musen, Pegasus und Belleraphon, ein Chalzedon mit dem Kampf zwischen Herkules und Omphale, der Königin von Lydien, eine Kamee mit einem Adler, sowie ein Onyx mit der Abbildung einer römischen Prinzessin.

Dass Menschen mit ihren Händen so etwas Wundervolles schaffen können – den gleichen Händen, die so gnadenlos Leben auslöschten.

Sie strich behutsam mit dem Finger über die Reliefs der einzelnen Gemmen. Sie waren kühl und glatt.

Du gehörst jetzt mir, mir ganz allein.

Viele Stunden verbrachte Liutgard vor dem Kleinod im Gebet versunken oder ganz in Gedanken. Es wurde ihr mit jedem Tag wichtiger und bedeutungsvoller.

Liutgard hatte deshalb mit der ehrwürdigen Mutter Äbtissin gesprochen und veranlasst, dass Tag und Nacht immer eine der Nonnen des Klosters vor dem kostbaren

Kreuz beten solle, so dass es nicht entwendet werden konnte.

Bis zu jener Nacht im Herbst 947.

Wenige Monate zuvor hatte König Otto mithilfe von Konrad dem Roten König Berengar II. gezwungen, Trient, Verona und Istrien mit dem Gardasee an das Herzogtum Bayern, regiert von Heinrich dem Zänker, abzutreten. Sich selbst hatte er zum König der Langobarden erklärt.

Konrad war nach San Marino gereist, um Berengar dazu zu bewegen, mit Otto I. Frieden zu schließen und als Vasall Ottos zum Augsburger Reichstag zu kommen.

Liutgard war mit dem Gesinde, ihrer treuen Rosina und zehn Rittern, die ihr Ehemann zu ihrem Schutz abkommandiert hatte, im Kloster zurückgeblieben.

An diesem Herbstabend fuhr ein heftiger Sturm über den Berg, rüttelte an hölzernen Pforten und Toren und tobte um das steinerne Gemäuer. Er heulte und pfiff durch Ritzen und fuhr in die Kamine.

Liutgard hatte befohlen, in allen Räumen Feuer zu machen und überall in den Leuchtern die Kerzen anzuzünden. Sie fürchtete sich.

Bei jedem Luftzug flackerten die Flammen im Kamin und die Kerzen züngelten unruhig.

Ein starker Regen peitschte gegen die Mauern und sorgte dafür, dass jeder, der kurz vor die Tür musste, in Sekundenschnelle nass bis auf die Haut war.

Auf dem Tisch stand noch ein einfaches Mahl: Liutgard hatte wenig Appetit und kaum etwas probiert von dem gebratenen Huhn in Senfsoße mit Ingwer und Brot.

Gedankenverloren schob sie das Kraut auf ihrem Teller hin und her und zeichnete mit dem Löffel ein Muster in die Soße. Selbst der gewürzte heiße Rotwein schmeckte ihr heute nicht.

Auch die beiden großen Jagdhunde, die zu ihren Füßen lagen, waren unruhig. Sie hoben immer wieder die Köpfe und winselten, sprangen auf, liefen zur Tür, nur um gleich darauf ihren Platz wieder einzunehmen.

„Irgendetwas geht vor, Rosina", murmelte Liutgard, „ich spüre es. Diese Nacht hat etwas Unheilvolles."

„Unsinn, Liebelein, es ist nur ein Herbststurm, nichts weiter. Morgen, wenn du aufwachst, wirst du einen kalten, klaren Herbstmorgen sehen, der dich mit einem blank geputzten Himmel erwartet."

Rosina war nicht so leicht aus der Ruhe zu bringen. Sie schlurfte zu einer großen Truhe und holte ein weiches Lammfell heraus, das sie Liutgard liebevoll um die Schultern legte.

„Trink ein bisschen Wein, ich erzähle dir eine Geschichte und dann legen wir dir einen heißen Stein an das Fußende deines Bettes und du wirst sehen, wie gut du schlafen wirst."

Sie strich ihr liebevoll über die Wange.

„Ja, vielleicht schon", Liutgard lächelte. Ein Lächeln, das Rosina zwar nicht sehen konnte, aber spürte. Plötzlich horchte die blinde Zofe auf.

In diesem Moment sprang Rigo, der ältere der beiden Hunde, auf und stimmte ein lautes, durchdringendes Gebell an.

Die Herzogin fuhr in die Höhe, blass wie die Wand: „Das ist ein Zeichen, Rosina, das ist ein Zeichen! Jemand wird heute Nacht den Tod finden. Ich weiß es und Rigo weiß es auch."

Rasche Schritte und das Klirren einer Rüstung waren zu hören – Ritter Eckbert stürmte in die Kemenate.

Er war seinem Herrn Konrad in vielen Kämpfen zur Seite gestanden und war ein guter und furchtloser Mann, der einige Narben und den Verlust eines Ohres davongetragen hatte: „Herrin, es ist etwas Entsetzliches geschehen, jemand wurde getötet!"

„Was ist passiert, so redet doch!"

„Ritter Ansgar und ich waren auf unserem Rundgang, als wir aus dem Oratorium einen schrecklichen Schrei hörten. Wir stürmten sogleich dorthin und fanden", der Ritter stockte und schluckte, „und fanden dort eine Nonne erschlagen auf dem Boden liegend."

Rosina bekreuzigte sich dreimal.

Liutgard wurde leichenblass: „Grundgütiger!" Sie tastete nach einem Stuhl und ließ sich darauf fallen, „und das Kreuz, ist es unversehrt?!"

Ritter Eckbert zog scharf die Luft ein: „Es ist verschwunden, Herrin. Es tut mir Leid."

Eine lange Weile schwieg sie mit geschlossenen Augen. „Ich möchte es mir ansehen, Ritter Eckbert."

„Herrin ..."

„Liebelein, tu das nicht! Bitte!"

„Ich sehe es mir an. Begleitet mich, Ritter Eckbert!"

Sie kniff die Augen zusammen und ging mit schnellen Schritten aus dem Raum, das Lammfell fest um die

Schultern gezogen. Als sie zurückkam, war sie nicht mehr dieselbe.

* * *

Konrad der Rote war ihr fremd geblieben. Am Tag kümmerte er sich kaum um sie, auch die Mahlzeiten nahm er ohne sie ein, nur nachts suchte er ihr Bett auf.

Obwohl er ihr täglich beiwohnte, war Liutgard immer noch nicht schwanger. Ihr Leib blieb taub.

Konrad wurde ungeduldig. Er wünschte sich einen Erben. Er brauchte einen Sohn.

Heilkundige kamen und murmelten Beschwörungen über Liutgard. Salben und Tinkturen, deren Inhalt Liutgard lieber nicht so genau wissen wollte, wurden auf ihrem Körper aufgetragen, in Vollmondnächten musste sie abscheulich schmeckende Tränke zu sich nehmen.

Alles ließ sie geduldig über sich ergehen. Nicht, dass es sie in irgendeiner Weise erstaunt hätte, dass sie nicht empfangen konnte.

Wie kann man das Kind eines Mannes erwarten, wenn man so sehr einen anderen liebte? Nicht eine Stunde verging, ohne dass Liutgard an ihn dachte. Als ihres Vaters Lieblingskind war sie es von klein auf gewohnt, dass ihrem Willen sofort nachgegeben wurde.

Otto war ein Mann, der mit harter Hand und scharfem Verstand regierte, der von seinem Volk mehr gefürchtet denn geliebt wurde und der es sich zum Ziel gesetzt hatte, das christliche Abendland zu vereinen. Wo ihm die Kooperation fehlte, ließ er blenden, entmannen und hinrichten. Otto I. schonte kein Leben.

Doch bei einem einzigen Augenaufschlag aus den rehbraunen Augen seines Töchterchens wurde dieser mächtige Mann und Imperator schwach. Er konnte Liutgard einfach keinen Wunsch abschlagen.

Manchmal brummte er, ließ ein, zwei Tage verstreichen und gab dann schließlich doch nach.

Einzig der blinden Rosina war es gestattet, die Königstochter sanft in ihre Grenzen zu weisen. Diese schlichte, weise Frau konnte mit dem Herzen sehen.

Sie war als zehntes von dreizehn Kindern in einer bitterarmen Häuslerfamilie mit Getreidebrei, Gemüse und Wasser mehr schlecht als recht groß geworden.

In einem Hungerjahr mischte die Mutter heimlich Gras in den Mangoldbrei um ihn zu strecken. Die Eltern haderten mit ihrem Schicksal, als ihnen klar wurde, dass Rosina, blind geboren, nie würde sehen können.

Haben wir nicht genug Mäuler zu stopfen? Welche Prüfung will uns Gott der Herr noch auferlegen? Wäre sie doch bei der Geburt gestorben! Nie würde die Blinde irgendwohin als Magd zu vermitteln sein, kein Mann würde sie jemals zur Frau nehmen.

Nur der heimlichen Fürsorge ihrer Geschwister war es zu verdanken, dass die kleine Rosina nicht eines Tages verhungert auf ihrem Strohlager gefunden wurde.

Aber so wuchs sie heran und entwickelte sich zu einer kräftigen jungen Frau, die zupacken konnte und keine Arbeit scheute.

Den Makel, dass sie nicht sehen konnte, glich sie, wie alle Menschen, die auf einen Sinn verzichten müssen, mit einer Übersensibilität der übrigen Sinne aus. Rosina wusste vor allen anderen, dass es regnen würde, sie sagte Schnee voraus und bemerkte den Fuchs im Hühnerstall noch vor dem Hund. Mit unfehlbarer Sicherheit fand sie sich in der Hütte, dem kleinen Stall und den angrenzenden Wiesen, ja selbst im nahen Wald zurecht. Sie diagnostizierte Krankheiten, wo noch keinerlei Anzeichen zu bemerken waren, zähmte Tiere und wusste stets, wenn sich jemand in ihrer Nähe befand und wer es war.

Dass sie als Magd am Königshof der Hohen Tochter dienen durfte, verdankte sie ihrer Blindheit und der Bigotterie von Königin Editha: Niemand außer ihrem zukünftigen Ehemann sollte die Königstochter Liutgard je nackt sehen dürfen.

Im ganzen Land hatte sie deshalb nach einer blinden Bauerstochter suchen lassen, die sich zur Magd ihrer einzigen Tochter eignete und an der stillen, folgsamen Rosina Gefallen gefunden.

So war Liutgard von der ersten Minute ihres Lebens von Rosina umgeben. Sie war es, die sie auf ihrem Schoß wiegte, wenn sie schlief und sie nächtelang auf dem Arm trug, wenn sie weinte und nicht in den Schlaf fand. Sie summte und sang für Liutgard, hielt die kleinen Fäustchen, und gab ihr den ersten Brei ein, als sie der Amme entwöhnt wurde. Sie bastelte für sie kleine Püppchen aus Heu und Rasseln aus Holzstückchen und Glöckchen. Sie bewachte ihre ersten Schritte und beschützte die kleine Königstochter davor, sich an Kanten zu stoßen oder Stufen hinunterzustürzen. Rosina beantwortete geduldig die vielen Warum-Fragen des kleinen Mädchens so gut sie konnte, manchmal überlegte sie eine Weile, fand aber immer eine Antwort, mit der Liutgard zufrieden war.

Liutgard war etwa 5 Jahre alt, als sie das erste Mal wahrnahm, dass Rosina nicht sehen konnte.

„Rosina, du schaust ja an mir vorbei, wenn ich mit dir spreche! Du siehst mich ja gar nicht richtig an!"

„Das meinst du nur, Häschen, das meinst du nur."

Liutgard baute sich vor Rosina auf, nahm ihren Kopf zwischen die Hände und fixierte sie.

„Schau mir in die Augen, schau mich an!"

„Das tu ich doch, Liebelein, ich seh dich ganz genau an."

Die kleine Königstochter wurde misstrauisch:

„Welche Farbe hat der Ball, den ich dir jetzt zeige? Sag es!"

„Du weißt doch selbst sehr gut, welche Farbe dein Ball hat. Ich brauche es dir doch nicht zu sagen." Rosina wusste, dass die Stunde der Wahrheit gekommen war.

„Ich will aber, dass du es mir sagst! Sag mir jetzt, welche Farbe mein Ball hat!"

Liutgard wurde ungeduldig.

Rosina seufzte.

„Du weißt es nicht, weil du den Ball nicht sehen kannst. DU KANNST ÜBERHAUPT NICHTS SEHEN!!!

DU BIST BLIND!!!"

Rosina schwieg eine ganze Weile, eine ganze lange Weile: „Ich bin blind, Liebelein, es stimmt, ich kann nicht sehen. Nicht deinen Ball, nicht den Himmel, nicht die Bäume vor dem Fenster, nicht einmal dich. Ich wurde blind geboren."

Eine lange Stille entstand. Liutgard spürte wie ihre Kehle heiß und eng wurde. Sie rannte aus dem Raum und setzte sich im Burghof unter die Linde.

In der Nacht weinte sie.

Als Liutgard nach ihrer Eheschließung mit Konrad dem Roten nach Brescia ging, hatte sie darauf bestanden, dass ihre treue Rosina nachkommen musste, da sie keinen weiteren Tag, nicht einen einzigen weiteren Tag, ohne ihre Magd seit Kindestagen sein konnte!

König Otto hatte ihrem Bitten nachgegeben, wie immer, und Rosina mit zwei seiner Vasallen als Geleitschutz sowie diversen Geschenken nach San Salvatore geschickt.

Natürlich hatte Liutgard gewusst, dass Rosina ein Lebenszeichen von Ihm für sie den ganzen langen Weg gehütet hatte: In einem unbeobachteten Moment schob sie ihr seinen Brief in den Ärmel.

* * *

Als Euphrosine ihre Haustüre öffnete, stutzte sie. Irgendetwas hatte sich verändert. Ohne dass sie genau hätte sagen können, woran es lag, hatte sich die Atmosphäre verwandelt.

Sie ging von Zimmer zu Zimmer: Es war alles am angestammten Platz, kein Stuhl verschoben, keine Vase verrückt, es roch wie immer und alle Fenster waren verschlossen.

Der gehäkelte Überwurf auf dem Bett war so glatt, wie sie ihn ausgebreitet hatte, selbst Kater Felix, das Ergebnis einer Liaison der Norwegischen Waldkatze der Nachbarin mit einem streunenden rothaarigen Kater aus Nirgendwo, schien sich nicht bewegt zu haben, seit sie das Haus verlassen hatte. Er lag eingerollt in der Sofaecke und blinzelte mit einem Auge, als sie ihm über den Kopf strich.

Als die Häsin leise seinen Namen sagte, begann er zu schnurren. Sie strich ihm zärtlich über den wuscheligen Kopf.

Alles so wie immer und doch nicht.

Merkwürdig.

Euphrosine hatte in den Jahren die Abgeschiedenheit ihres Hauses schätzen gelernt, die Zurückgezogenheit, die Stille. Sie hielt sich selbst für zu nüchtern, um sich zu fürchten.

Mit der Zeit konnte sie die verschiedenen Geräusche zuordnen und mochte es, wenn das Haus zu ihr sprach.

Was ist los, dachte sie, du hast es doch gesehen, du weißt es. Ich wünschte, du könntest es mir sagen.

All dieses Spekulieren führt zu nichts, kam Euphrosine mit sich selbst überein – es war auf jeden Fall jetzt Zeit für eine deftige Brotzeit. Nichts ist schwerer zu ertragen als ein Schreck auf (fast) nüchternen Magen.

Voller Vorfreude steuerte sie ihre Speisekammer an, die etwas versteckt in einer Nische der großen Küche lag und prallte zurück: unschuldig hing da am Kühlschrankgriff, als würde sie seit Jahr und Tag dort hängen, eine Damenhandtasche aus beigefarbenem Lackleder.

„Da haben wir die Bescherung", murmelte die Häsin. Sie schnaufte einmal tief durch und rief den Leopold an.

Bis dieser mit dem Polizeibeamten eintraf – „Euphrosine, fass mir ja nichts an, das ist ein Beweismittel!" – „Natürlich nicht, Leopold, das weiß ich doch..." –, blieb ihr noch genügend Zeit, Einmalhandschuhe anzuziehen, die Handtasche abzuhängen und deren Inhalt auf das Sofa zu leeren: eine Packung Papiertaschentücher, Augentropfen, ein Luxuslippenstift, ein Kompaktpuder Farbe beige, ein Hausschlüssel, ein Foto, das die Tote, einen markanten Südländer im Designeranzug, der den Arm um sie gelegt hatte und zwei junge Männer und eine junge Frau zeigte, vermutlich die Kinder von denen Leopold gesprochen hatte und ein Personalausweis: Signora Eletra Visconte, Via Don Monolo 131, Brescia.

Rasch machte die Häsin mit ihrem Handy ein Foto vom Personalausweis und der Fotografie und konnte gerade noch alles wieder verstauen, die Tasche schließen und zurück an den Kühlschrankgriff hängen, als auch schon Leopold mit dem Beamten in der Tür stand.

Misstrauisch zog der eine Augenbraue hoch. „Wie schön, dass ihr gleich kommen konntet", die Häsin versuchte ihren schönsten Augenaufschlag. Das kam in Leopolds Augen einem Geständnis gleich. Doch er schwieg und wartete bis der Beamte mit der Handtasche das Haus verlassen hatte.

(„Bitte halten Sie sich zu unserer Verfügung, falls noch Fragen auftauchen, Frau Hase."

„Selbstverständlich, Herr Komissar.")

„Jasmintee oder Latte Macchiato?" Die Häsin schüttelte die Teedose in Richtung Leopold.

„Ich nehme an, du hast dir die Handtasche und deren Inhalt genau angesehen, Euphrosine?"

„Möglicherweise hab ich ein wenig hineingeguckt ... Jasmintee oder ..."

„Latte Macchiato und einen Grappa." Der Leopold war fuchsteufelswild.

„Du kommst in Teufels Küche, wenn das herauskommt, Euphrosine!"

„Wie du weißt, mein lieber Leopold, gehöre ich bereits seit längerem zum festen Inventar von Teufels Küche. Und ich wüsste nicht, wie jemals irgendetwas herauskommen könnte.

Denn du, lieber Leopold, wirst nicht ein Sterbenswörtchen verraten."

„Diese Frau kostet mich den letzten Nerv", murmelte der Bürgermeister leise, aber eben so laut, dass die Häsin ihn sehr wohl verstehen konnte.

„Nun sei wieder gut, Poldilein", zwitscherte die Häsin und stellte ihm seinen Latte Macchiato und einen etwas zu groß geratenen Grappa hin.

Leopold Altinger seufzte, er konnte dieser Frau einfach nicht böse sein.

* * *

Auf dem kleinen Stadtfriedhof waren nur wenig Leute versammelt: Monsignore Römer in Talar, Albe und Stola mit zwei kleinen Ministrantinnen, die gerade erst Erstkommunion gehabt hatten und deren Ministrantenröcke so lang waren, dass sie am Boden aufstanden.

Tapfer schwenkte eine das Weihrauchfass – die Häsin kniff die Augen zusammen: Das musste die Kleine vom Friseur sein, die Magdalena und die andere, die Jüngste vom Huberwirt, hielt sich am Vortragekreuz fest.

Zwei Angestellte vom Bestattungsunternehmen in ihren Uniformen, die Kappen in den Händen, der Leopold natürlich in seinem besten schwarzen Anzug, Polizeihauptkommissar Wanderl, die sieben Klageweiber und eine Handvoll Schaulustige.

Wo war die Familie, wo war der Ehemann, wo waren die Kinder der Ermordeten? Der Wind fuhr stürmisch durch die Linden und schüttelte die Blätter. Am bleigrauen Himmel jagten sich Wolkenfetzen. Es sah nach Regen aus.

„Zum Paradies mögen Engel dich geleiten" sangen die Klageweiber und Euphrosine fuhr ein Schauer über den Rücken. Der Monsignore streute eine Handvoll Erde auf den Sarg, besprengte ihn mit Weihwasser und segnete ihn. Dann verließ er mit den Ministrantinnen das Grab. Ebenso einer nach dem anderen, als letzte kam die Häsin.

Auf dem Sarg lag ein üppiges Bukett samtroter Rosen ohne Schleife, sonst kein Gesteck, keine Schale, kein Kranz, nichts. Wie traurig, dachte Euphrosine.

Wo ist nur die Familie? Leopold hatte ihr versichert, sie hätten alles Menschenmögliche getan, um den Ehemann oder eines der Kinder zu finden, doch unter der angegebenen Adresse war niemand zu erreichen. Die Nachfrage bei den Kollegen am Gardasee war ergebnislos, keiner kannte die Familie, geschweige denn die Ehefrau.

Für die Beerdigungskosten war anonym ein stattlicher Betrag an die Gemeinde überwiesen worden, der alle Ausgaben problemlos deckte. Selbst für einen schönen Grabstein in wenigen Monaten würde gesorgt sein.

Die Tote, die entwurzelt wurde, dachte die Häsin versonnen.

Sie verspürte den dringenden Wunsch, Kontakt zur Vergangenheit von Eletra Visconte aufzunehmen, zu sehen, wo und wie sie gelebt hatte, mehr über sie zu erfahren und vielleicht doch ihre Familie zu finden, damit dieser eigenartige Tod einen würdigen Abschluss bekommt. Ihre angeborene Neugier erwachte. Und außerdem: ein kleiner Ausflug an den Gardasee anlässlich ihres 40. Geburtstages, was für eine verlockende Idee!

Als die Häsin begann, so langsam ihre Idee in die Tat umzusetzen und bereits das eine oder andere Kleidungstück in den Koffer legte, flatterte ihr ein offizielles notarielles Schreiben aus Brescia ins Haus, in dem sie gebeten wurde, sich am Tage ihres 40. Geburtstages im Rathaus einzufinden, dort würde sie alles weitere erfahren.

Merkwürdig, dachte Euphrosine Hase, äußerst merkwürdig. Sie setzte sich mit dem Brief in der Hand auf ihr blaues Sofa und schaute nachdenklich in den Garten.

Dann ist es beschlossen, sagte sie zu sich selbst: „Ich fahre nach Brescia.“

Brescia

Die Wellen klatschten mit einem schmatzenden Geräusch an das kiesige Ufer des Gardasees. Zu dieser Tageszeit war das Wasser noch klar und ermöglichte einen ungetrübten Blick auf die Steine am flachen Uferrand.

Kleine silberglänzende Fische zuckten darin hin und her. Sie schienen die Sonnenstrahlen zu genießen, die auf der Seeoberfläche tanzten.

Am gegenüberliegenden Ufer zeichnete sich in der Ferne Monte Cadria mit seinem schneebedeckten Gipfel und in verschiedenen Blautönen die Silhouette der Kalkalpen ab.

Im Hintergrund lagen die ehemalige langobardische Klosteranlage San Salvatore und die kapitolinischen Tempelruinen.

Euphrosine Hase liebte Wasser in jeglicher Form und lief sofort an das Seeufer, zog die Sandalen aus, setzte sich auf einen Stein und tauchte die Füße in das kühle, weiche Wasser. Wie herrlich! Sie kicherte vor Vergnügen und wackelte mit den Zehen.

Die Fahrt war lang, aber problemlos gewesen. Sie hatte im etwa 30 Kilometer entfernten Brescia in einer kleinen Pension in der Altstadt ein Zimmer gebucht, ihren Koffer (den mittelgroßen, man weiß ja nie ...) dort abgestellt, die Fenster geöffnet und sich auf dem Doppelbett ausgestreckt.

Der Wind blies in die weißen Vorhänge und wehte einen herrlichen Duft von gebratenem Knoblauch und Olivenöl ins Zimmer.

Auf der Straße war eine lebhafte italienische Unterhaltung und Lachen zu hören. Kinder spielten.

Wie schön, dachte die Häsin, was für eine gute Idee, hierherzufahren.

Sie dachte kurz daran, dass sie dem Leopold unbedingt eine WhatsApp-Nachricht schreiben müsse (später) und machte sich dann auf den Weg herauszufinden, woher dieser herrliche, appetitanregende Duft kam.

Nach einem kleinen Frühstück mit einem Cappuccino und einem Brioche machte sich die Häsin auf den Weg in die Via Don Manolo 131 zum Haus der Familie Visconte, die wie vom Erdboden verschluckt schien.

In der Nacht hatte es geregnet, das Kopfsteinpflaster glänzte noch feucht. Die Luft war kühl und es roch nach dem Wind, der von den Bergen durch die Stadt strich.

Euphrosine war froh, eine Jacke mitgenommen zu haben.

Ihr Weg führte sie durch die Altstadt über die rechteckige Piazza della Loggia mit dem imposanten Palazzo della Loggia, dem Rathaus von Brescia, vorbei an einem Gebäudekomplex, der »Monti di Pietà«, »Berge der Barmherzigkeit«, genannt wird und dem Uhrenturm zu den Laubengängen, den »Portici«.

In einer Seitengasse bog sie rechts ab und stand in der Via Don Manolo schließlich vor dem Haus mit der Nummer 131.

Dem Haus hätte ein neuer rosafarbener Anstrich gut getan und die Farbe der dunkelbraunen Haustür blätterte ab wie Schokoladenspäne. Alle Fenster waren geschlossen und blickten mit müden Augen auf die gegenüberliegende Straßenseite. Es gab nur ein einziges Klingelschild aus Messing, in dem der Name „Visconte" eingraviert war.

Entschlossen drückte Euphrosine Hase auf den Klingelknopf. Ein melodischer Klingelton ertönte. Zweimal, dreimal. Niemand öffnete. Im Haus waren keine Geräusche zu hören.

Vorsichtig drückte sie die Klinke. Die Tür ließ sich wie von selbst öffnen. Kühle und der typische Geruch einer ungelüfteten Wohnung drangen heraus. Die Häsin konnte nicht widerstehen und trat ein.

Das letzte, was sie hörte, war das Knattern eines vorbeifahrenden Mofas auf der Straße, dann wurde es Nacht um sie.

Das erste, was die Häsin sah, als sie die Augen wieder öffnete, war ein hypermoderner Dunstabzug aus mattgebürstetem Edelstahl mit einer konisch geschwungenen Satinglasscheibe. Die LED-Leuchten waren aus. »12« dachte sie. Sechs links und sechs rechts.

Seit ihrer Kindheit hatte sie die Angewohnheit, alles was zu einer Gruppe gehörte, zu zählen: kleinere Menschenansammlungen, Gegenstände, Obst, Flaschen, Tassen, Ringe, Vasen, Autos, Bäume.

Behutsam sortierte die Häsin ihre Arme und Beine und sondierte ihre Position: komplett bekleidet, auf dem

Rücken auf dem Boden liegend, alle Gliedmaßen intakt und voll beweglich, aber heftige Kopfschmerzen und – sie hob den Arm und befühlte vorsichtig die schmerzende Stelle am Hinterkopf – eine Mordsbeule, kein Blut.

Ziemlich schlecht war ihr auch. Sie versuchte sich auf die Seite zu drehen, was erst beim dritten Mal gelang.

Mit einem Arm den Kopf haltend, bugsierte sie sich vorsichtig zum Sitzen. Die Übelkeit wurde heftig. Alles begann sich zu drehen. Sie angelte mit dem Fuß nach ihrer Handtasche und schob sie nach oben, so dass sie sie öffnen und die kleine Wasserflasche entnehmen konnte, die sie immer bei sich hatte. Nach ein paar Schlucken Wasser wurde die Übelkeit besser und sie wagte den Versuch sich über den Vierfüßlerstand aufzurichten. Ihr Kopf drohte zu zerspringen. Aber die Beine trugen sie.

Nach einem Aspirin aus der Handtasche wurden die Schmerzen erträglicher. Sie stützte sich auf der marmornen Arbeitsplatte auf und atmete tief durch.

Ich bin niedergeschlagen worden. Eindeutig. Aber von wem? Sie hatte niemanden kommen hören oder sehen. Und vor allem: warum?

Euphrosine wankte zu einem verchromten Designerstuhl und ließ sich nieder. Einen Schokoriegel. Jetzt. Die unersetzbare Handtasche hielt auch diesen für sie bereit.

Kauend überlegte sie, ob sie den Leopold anrufen sollte, entschied sich aber dann dagegen. Vorwürfe waren jetzt das letzte, worauf sie Lust hatte.

Als sie sich schließlich besser fühlte, machte sie sich auf den Weg durch das Haus. So ein kleiner Schlag auf den Hinterkopf konnte doch die Häsin nicht aufhalten.

Im Erdgeschoß die Küche, hochwertigst ausgestattet und nagelneu, eine Gästetoilette und ein exklusiv ausgestattetes Wohnzimmer mit dicken Teppichen, einer Ledercouchlandschaft, Glastisch, moderne Kunst an den Wänden und einem Regalsystem mit Vitrinen und indirekter Beleuchtung.

Die Häsin betrachtete die Fotos im Silberrahmen: Familie Visconte, Vater, Mutter, zwei Söhne, eine Tochter, die sie schon von dem Foto aus der Handtasche kannte. Alles ohne ein Körnchen Staub und blitzblank.

Jemand pflegte also das Haus. Im ersten Stock ein luxuriöses Marmorbad mit Whirlpool, barrierefreier Glasdusche, zwei Waschbecken mit nontouch-Armaturen und drei Schlafzimmer mit Boxspringbetten in der Raummitte und weichen Langflorteppichen.

Im größten der drei Schlafzimmer, wohl dem der Eltern, hing die kolorierte Zeichnung eines außergewöhnlichen, großen Kreuzes an der Wand: Es war etwa einen Meter hoch, metallbeschlagen und – die Häsin sah es sich ganz aus der Nähe an – mit Edelsteinen und Gemmen und einem Glasmedaillon, das auf goldenem Grund drei Porträts zeigte, verziert.

„Das ist ja unglaublich schön …", murmelte sie fasziniert. „Und es muss sehr, sehr alt sein …"

Sie zückte ihr Handy, um es zu fotografieren.

„Gefällt es Ihnen?"

Euphrosine Hase fuhr herum.

Im Türrahmen stand ein etwa 50 Jahre alter Mann mit dunklen Augen, graumeliertem Haar, sonnengebräunter Haut und einem gepflegten Dreitagebart. Er sah müde aus, die kleinen Fältchen um seine Augen waren knittrig wie Seidenpapier.

Sie erkannte ihn sofort von dem Foto: das musste Signor Visconte sein. Und er wirkte sehr bedrückt.

Die Häsin fühlte sich äußerst unbehaglich und streckte ihm schnell ihre Hand entgegen: „Euphrosine Hase aus Neuenkirchen. Entschuldigen Sie, dass ich hier so eingedrungen bin – die Strafe folgte ja auch auf dem Fuß: Ich bin niedergeschlagen worden."

Er wirkte bestürzt: „Das tut mir schrecklich leid! Ich habe die dumme Angewohnheit tagsüber die Haustüre nicht zu verschließen. Da muss wohl irgendwer hereingekommen sein, um zu sehen, was es zu holen gibt, Sie haben ihn überrascht und zack ..." Sein Deutsch war ausgezeichnet, fließend mit geringem Akzent.

„Und zack ...", murmelte Euphrosine und tastete nach der Beule am Hinterkopf.

„Kommen Sie, ich suche Ihnen einen Eisbeutel. Soll ich einen Arzt rufen?", er beobachtete sie besorgt.

Die Häsin winkte ab: „Danke, nicht nötig – kühlen, Schmerzmittel und ein zwei Tage Ruhe. Wird schon keine Gehirnerschütterung sein."

In der Küche bat er sie, Platz zu nehmen, suchte und fand eine Kühlkompresse und bot ihr einen Espresso an.

Die Häsin lehnte angesichts ihres vibrierenden Magens dankend ab.

„Aus Neuenkirchen, sagten Sie? Dann wissen Sie sicher, dass wir dort", er atmete hörbar aus, „dass wir dort ein Haus gekauft haben." Er rieb sich mit der Hand über die Stirn.

„Die Bergmeier Villa, ich weiß." Euphrosine ließ eine Pause und beobachtete Signor Visconte.

Unvermittelt brach er in ein heftiges Schluchzen aus: „Wir waren in den Staaten, eine lang geplante Reise zu unserer Silberhochzeit, mit den Kindern, drei Wochen, die Westküste und die Ostküste mit dem Caravan. Eletra ist alleine zurückgeflogen, um alles mit der Villa zu regeln, den Umbau, die Renovierung und ich bin gestern zurückgekommen. Und dann finde ich einen Brief, der mir sagt, dass sie tot ist, ermordet!" Seine Stimme versagte.

„Das alles tut mir so furchtbar leid." flüsterte die Häsin. Sie fühlte sich schrecklich. Taschentücher, wo waren nur die Taschentücher in diesem Bermudadreieck von Handtasche.

„Ich, ich habe ihre Frau gefunden, als ich einen Besuch machen wollte, ich bin die Nachbarin und wir haben niemanden erreicht und da bin ich ..."

Er sah kurz auf und versuchte ein Lächeln: „Das ist sehr nett von Ihnen. Und Sie werden dafür zum Dank gleich niedergeschlagen! Ich selbst bin, er stockte, seit dem Mord an meiner Frau so paranoid geworden. Ich schlafe sogar mit meiner Pistole unter dem Kopfkissen."

Da hab ich ja Glück gehabt, dachte die Häsin, dass er mich nicht gleich erschossen hat.

„Signor Visconte, ich lasse Sie jetzt alleine. Wenn Sie, später mal, Einzelheiten von mir wissen wollen – ich war auch auf der Beerdigung Ihrer Frau –, dann rufen Sie mich einfach gerne an." Sie kramte nach einer Visitenkarte und reichte sie ihm.

„Ich danke Ihnen." Er war sehr blass geworden im Laufe des Gesprächs.

Euphrosine gab ihm die Kühlkompresse zurück und danach die Hand: „Sie sprechen ausgezeichnet deutsch. Wo haben Sie das gelernt?"

„Ich habe viele Jahre, als die Kinder noch klein waren, für eine deutsche Firma in Italien gearbeitet und zeitweise auch in Deutschland."

„Verstehe ...", sie war schon fast durch die Tür, „verzeihen Sie meine neugierige Frage, aber Sie haben da diese kolorierte Zeichnung eines wunderschönen Kreuzes in einem Zimmer der oberen Etage (sie konnte sich nicht dazu durchringen, »Schlafzimmer« zu sagen)."

Ein kurzes Zucken des rechten Mundwinkels, dann hatte sich Visconte wieder im Griff: „Das ist das Desideriuskreuz, das einst der letzte König der Langobarden dem Kloster San Salvatore gestiftet hat. Es ist leider seit vielen Jahren verschollen. Die Zeichnung wurde nach mündlich überlieferten Berichten angefertigt."

„Das ist ein Verlust fürwahr", murmelte die Häsin nachdenklich, und es gibt keine Hoffnung, es jemals wiederzufinden?"

Signor Visconte fuhr sich mit der Hand über das Gesicht: „Wir haben viele Hebel in Bewegung gesetzt und suchen seit Jahrzehnten danach – ohne auch nur eine einzige Spur. Aber", presste er zwischen den Zähne hervor, „ich werde nicht aufgeben, niemals!"

„Entschuldigen Sie meine Neugierde und vor allem zum jetzigen Zeitpunkt!" Die Häsin hätte sich ohrfeigen können. Ein kurzes Nicken.

„Passen Sie gut auf sich auf!" Euphrosine öffnete rasch die Tür und trat auf die Straße.

Hinter ihr wurde die Haustür geschlossen und versperrt.

Auf dem Weg zurück in ihre Pension stellte Euphrosine fest, dass sie trotz der verbliebenen Kopfschmerzen – die Wirkung des Aspirins hatte bereits nachgelassen – großen Hunger hatte.

Es war eindeutig Zeit für einen Imbiss und einen Espresso.

Die Piazza della Loggia hatte sich inzwischen gut gefüllt, es herrschte ein reges Treiben, die Geschäfte hatten geöffnet, die Springbrunnen plätscherten, Eltern mit Kinderwägen oder freilaufenden Kindern bevölkerten die Gässchen, tütentragende Frauen und Rentner, die rauchend und ratschend auf Bänken saßen.

Der Himmel war hellblau und die Temperatur hatte sich in einen Bereich bewegt, der das Sitzen im Freien angenehm erscheinen ließ.

Die Häsin nahm in einem etwas abseits gelegenen kleinem Café Platz und zog ihr Handy heraus: Zunächst musste nun umgehend der Leopold informiert werden, bevor dieser vor Sorge Eier legte.

Sie legte sich sorgfältig die Sätze zurecht und probierte dazu zwei bis drei verschiedene Arten des Lächelns aus. Beim Telefonieren sieht man auch mit den Ohren, davon war die Häsin überzeugt.

„Leopold", wollte sie sagen, „rate mal, was ich gerade mache." Blöd, oder: „Du, Leopold ..."

Da klingelte das Handy. Der Leopold.

Euphrosine Hase atmete tief ein, hielt die Luft an und hob ab.

Der Bürgermeister spie Gift und Galle. Als sein Redeschwall mit Schimpftiraden, Sorgebekundungen, mehrfach geäußerten Zweifeln an ihrem Geisteszustand und Zusicherungen, dass sie und ihre Spontaneität ihn zweifelsfrei in Kürze ins Grab bringen würden, versiegt war, sagte die Häsin sanft: „Es geht mir gut, Leopold."

„WAS?!!!" japste er.

„Leopold, so beruhige dich doch!"

Heftiges Schnaufen.

„Es ist wirklich alles in Ordnung.

Ich bin in Brescia und habe ein hübsches Zimmer in einer netten kleinen Pension und habe gerade Signor Visconte zuhause aufgesucht.

Verstehst, es hat mir einfach keine Ruhe gelassen: Ich wollte sichergehen, dass er vom Tod seiner Frau erfährt.

Du weißt ja selbst, dass nicht einmal die örtliche Polizei hier in Brescia ihn persönlich informieren konnte."

„Ich war kurz davor eine Vermisstenanzeige aufzugeben, Euphrosine Hase! Immerhin bist du in einen Mordfall verwickelt!", fauchte Leopold.

„Na na na", meinte die Häsin begütigend, „jetzt übertreib mal nicht – ich kann gut auf mich selbst aufpassen, schließlich bin ich 18 und geimpft." Sie grinste (konnte er das hören?). – Stille.

„Wann kommst du zurück?"

„Naja, ich hab doch diesen Notartermin und dann gibt es so ein antikes Kreuz, das verschwunden ist ... –

Du, Leopold, das ist wunderschön, ich hab eine Zeichnung gesehen!" – Stille.

Dann ein Grunzen: „Melde dich in regelmäßigen Abständen bei mir, täglich, falls die Polizei hier noch Fragen hat. Servus!"

„Oh, oh ... da ist aber einer sauer", dachte die Häsin.

Bestimmt hatte er eine Überraschung zu meinem Geburtstag vorbereitet und dabei bin ich gar nicht da, sinnierte sie. Ist ja süß ...

Die nächsten Stunden verbrachte Euphrosine mit dem Laptop im Bett, alle verfügbaren Kissen in den Rücken gestopft und recherchierte alles, was sie im Internet zum »Desideriuskreuz« finden konnte. Je mehr sie las, desto mehr nahm sie die Geschichte des antiken Kreuzes gefangen:

„Dieses Vortragekreuz aus dem 7. Jahrhundert bestand aus Holz, das mit Silberblech beschlagen und mit Edelsteinen, Gemmen und Glaspasten besetzt war. Im Zentrum befand sich das Relief eines thronenden Christus sowie am Schaft Goldglasmalerei. Es wurde dem Kloster Santa Salvatore von Desiderius zur Gründung 753 n. Chr. als Weihegabe übereignet.

Desiderius selbst stammte aus Brescia, wohl aber nicht aus der langobardischen Adelsschicht und war zunächst Marschall, dann Statthalter der Toskana und beanspruchte schließlich den Thron, den er aufgrund seiner militärischen Ressourcen und mithilfe der Unterstützung von Papst Stephan II. auch erhielt.

Er festigte die Stellung des Langobardenreiches durch die politisch geschickte Verheiratung seiner Töchter sowie durch eine enge Verbindung zu Papst Stephan III. und Karl dem Großen.

Desiderius und seine Frau Adelgis beschenkten das von Königin Ansa 753 gegründete Kloster San Salvatore in Brescia, dessen Äbtissin Desiderius' Tochter Anselperga war, mit ausgedehnten Besitzungen.

Die Herkunft des Desideriuskreuzes ist unbekannt, es war mit Sicherheit über die Jahrhunderte in Gebrauch, was sich an Ergänzungen und Reparaturen erkennen ließ.

Es wurde im 10. Jahrhundert aus dem Kloster entwendet, wobei eine Nonne ihr Leben lassen musste und ist seither wie vom Erdboden verschluckt.

Das Zwischengoldglasmedaillon, mit der Darstellung von drei Personen, das sich im unteren Kreuzarm befindet, stammt aus dem 4. Jahrhundert nach Christus."

Draußen war es dunkel geworden. Euphrosine hatte völlig die Zeit vergessen. Der Wind fuhr durch das geöffnete Fenster und blähte den Vorhang. Sie fröstelte, schälte sich aus den Decken und ging zum Fenster, um es zu schließen.

***

Mater Symphorosa lag mit dem Gesicht nach unten ausgestreckt auf dem Steinboden des Oratoriums. Die Ränder der Blutlache in der sie lag, begannen bereits zu trocknen.

In der Apsis glomm das ewige Licht ungerührt in seiner Laterne aus rotem Glas. Ritter Eckbert beugte sich zu der Nonne hinab und drehte sie vorsichtig auf den Rücken.

Liutgard erschrak, als sie die weit aufgerissenen Augen der Benediktinerin sah. Sie musste von dem heftigen Hieb, der ihren Hinterkopf zertrümmert hatte, völlig überrascht worden sein. *Mitten im Leben sind wir vom Tod umgeben* dachte Liutgard traurig. Tränen stiegen ihr in die Augen und sie betete leise ein *Vaterunser*.

Nicht, dass sie Mater Symphorosa besonders gemocht hätte: Sie war eine unsympathische Frau gewesen, groß und knochig, mit Zähnen wie aus altem Elfenbein und wimpernlosen blauen Augen denen nichts entging. Ihre unschöne Angewohnheit, hinter den anderen Nonnen herzuspionieren und sie gegeneinander auszuspielen, machte sie in der Gemeinschaft nicht gerade beliebt. Es verlieh Symphorosa jedoch eine gewisse Macht über ihre Mitschwestern: fehlte in der Küche ein Ei – Mater Symphorosa wusste, wer es gestohlen hatte. Sie wusste, wer abends nach der Komplet noch lange bei Kerzenschein in der Zelle las, sie hörte, wie sich Schwester Laurentius bei Schwester Bonifazia über Schwester Albertina mockierte, die schon wieder (schon wieder!) vom Küchendienst befreit worden war (aber, man weiß ja, die Familie hatte dem Kloster eine enorme Summe Geldes gestiftet), sie sah, wie eine Novizin heimlich Blut in ihre Taschentuch hustete und natürlich war es Mater Symphorosa, die Schwester Lucrezia im Stall mit dem Pferdeknecht erwischte.

Ritter Eckbert schloss der Toten die Augen. „Möge sie in Frieden ruhen."

„Amen", erwiderte Liutgard und sah bekümmert auf den Altar, wo das Desideriuskreuz gestanden hatte.

Auch die Schatulle mit dem ausgeklügelten Schließsystem fehlte. Sie griff nach dem Schlüssel an ihrem Gürtel.

„Ritter Eckbert, bitte sorgt für die Bestattung von Mater Symphorosa."

Dann nach einer kurzen Pause: „Glaubt ihr, dass ich das Kreuz wiedersehe, bevor ich sterbe?"

„Herrin, ich weiß es nicht. Aber ich verspreche euch, dass ich alles tun werde, was in meiner Macht steht, damit ihr es wiederbekommt."

Liutgard lächelte ihn dankbar an. „Ich werde nicht vergessen, euch lobend bei meinem Mann zu erwähnen, wenn er wiederkommt."

Wenn er denn wiederkommt, dachte sie – dieser Auftrag dauert nun schon sechs Monate und es ist noch kein Ende abzusehen.

Ihr Vater, König Otto I., hatte Konrad den Roten beauftragt, in Pavia nach König Berengar zu suchen. Dieser hatte die junge Witwe Adelheid, nachdem sie sich geweigert hatte, Berengars Sohn Adalbert zu heiraten, in den Turm del Baradello hoch über Como eingesperrt. Doch sie konnte entkommen und bat Otto I. um Hilfe.

„Und wer hilft mir?", dachte Liutgard bitter. „Ich sitze hier allein im Kloster und kann auf meinen Mann warten, bis ich alt und grau werde!" Wut kroch in ihr hoch.

Sie begann, die Säulen des Oratoriums zu zählen: sechs links und sechs rechts.

Seit ihrer Kindheit hatte sie die Angewohnheit, alles was zu einer Gruppe gehörte, zu zählen: kleinere Menschenansammlungen, Gegenstände, Obst, Flaschen, Becher, Ringe, Vasen, Bäume. Es beruhigte sie.

Wenn du nur bei mir wärst ... Ihre Züge wurden weich und Sehnsucht glomm in ihr auf.

In Gedanken bin ich bei dir Liebste, stand in seinem Brief – *jede Sekunde, jeden Augenblick – wo du auch bist, was immer du tust, ich bin in deiner Nähe. Ich halte dich, wenn du nicht weißt, wie es weitergeht. Ich trage dich, wenn du müde wirst. Ich beschütze dich wenn du dich fürchtest. Ich breite meine Arme wie Flügel um dich und bin immer ganz bei dir. Jeden Augenblick, jeden Wimpernschlag. Immer.*

Liutgard atmete tief ein um das Brennen in ihrem Herzen erträglicher zu machen und fasste einen Entschluss wobei sie die Augen schloss: Sie würde ihren Vater bitten, den Hofnarren zur Ablenkung und Erbauung des Gefolges nach Brescia hier in das Castello zu schicken. Sie musste auf andere Gedanken kommen.

Und ich hoffe bei Gott dem Allmächtigen, dass wir uns nicht verraten.

Konrad der Rote hatte seine Mission erfolgreich beendet: Er hatte den flüchtigen König von Italien, Berengar II. verfolgt und im Gespräch dazu bewogen, Otto I. nachzureisen, um Frieden zu schließen. Leider erklärte jedoch Otto I. alle Vereinbarungen, die Konrad mit Berengar ausgehandelt hatte, für nichtig und beschädigte damit das Ansehen von Konrad dem Roten bei Hofe schwer. Diese Bloßstellung konnte Konrad Otto lange nicht verzeihen ...

Er war auf dem Weg zurück nach Brescia als ihn ein Bote von König Otto I. erreichte, der ihn zurück nach Brescia zu seiner jungen Frau entließ, ihn aber zugleich befahl, auch Melchior den Hofnarren, der in Kürze zu ihm stoßen würde, mit dorthin zu nehmen – dies sei dem sehnlichen Wunsch seiner Tochter Liutgard nach Ablenkung fernab vom väterlichen Hofe geschuldet. Konrad brummte.

Es missfiel ihm, diesen Hofnarren in sein Gefolge aufzunehmen. Wenn ich wieder bei ihr bin, braucht sie keinen Narren zur Ablenkung, dann hat sie Spaß genug, mehr Spaß, als sie sich vorstellen kann. Er wieherte laut bei diesem Gedanken.

Nach Monaten der Ruhe, einer Winterstarre nicht unähnlich, begann ein geschäftiges und emsiges Treiben im Kloster, als bekannt geworden war, dass der Herr zurückkehren wurde.

Fast zeitgleich traf eine Nachricht von König Otto an seine Tochter ein, in der er ihr kundtat, dass er ihrem Wunsche nachgekommen war und den Hofnarren Melchior zur ihrer Erbauung gesandt habe, der wohl zeitgleich mit ihrem Gemahl eintreffen werde.

Liutgard erschrak: Das war eine äußerst ungünstige Kombination und würde sehr viel Umsicht und äußerste Vorsicht erfordern.

Und dazu der unaufgeklärte Diebstahl des Desideriuskreuzes mit der toten Nonne.

Als die Fanfaren erschallten, wuchtete sich Konrad der Rote vom Pferd und gab dem Stallknecht einen Wink.

Seine Augen suchten Liutgard: „Wo ist mein Weib? Möchte sie ihren siegreichen Gatten denn nicht willkommen heißen?!"

Rosina schob ihre Herrin sanft in Richtung Treppe: „Nun geh schon, Liebelein, er ist dein Gemahl!"

Oh Freude über Freude, dachte Liutgard missmutig, knipste ein Lächeln an und schritt ihrem Ehemann entgegen.

Der eisige Winterwind hatte ihr eine zarte Röte auf die Wangen gezaubert und der hauchzarte, weiße Schleier umwehte ihr Gesicht. Ihr selbst war nicht bewusst, wie schön sie war.

Beim anschließenden Festmahl mampfte Konrad genüsslich. Der Flügel des Hühnchens knackte, als er ihn auseinanderbrach.

„Welches Kreuz?", schmatzte er, als ihm Liutgard die Geschichte des Diebstahls zugeraunt hatte, „ach, das im Oratorium, verstehe ... Die Nonne erschlagen, üble Geschichte! Ich werde den Richter davon in Kenntnis setzen. Werden den Kerl schon finden."

„Na, na, na", er tätschelte mit seinen fettigen Fingern Liutgards Hand, „deswegen brauchst du doch nicht zu weinen, Kindchen."

Er wischte mit einem Stück Brot den Rest Soße aus der Schüssel, leckte jeden Finger einzeln ab, wobei er Liutgard mit funkelnden Augen fixierte und rülpste laut.

„Köstlich war das, nach dem Fraß auf der Reise!"

Melchior hatte während des Essens zu Konrads Füßen gesessen und leise auf der Laute dazu gespielt.

Liutgard erhob sich: „Ich bin sofort zurück, mein Gemahl", und eilte aus dem Palas. Sie brauchte frische Luft.

Wie aus Versehen ließ sie auf dem Weg zu den Arkaden ihr seidenes Taschentuch fallen.

Rosina, die ihren Liebling nie aus ihrer Nähe ließ, war ihr in geziemendem Abstand gefolgt.

Liutgard lehnte sich über die Balustrade und umfing den Pfeiler mit beiden Armen, als sie einen warmen Atem im Nacken spürte und eine leise Stimme an ihrem Ohr.

„Meine Königin, ich nehme an, das ist euer?"

Melchior war hinter sie getreten und hielt ihr mit einem belustigten Lächeln das seidene Taschentuch hin.

Liutgard errötete: „Mhm, ja, das gehört mir. Ich danke euch."

Melchior verbeugte sich tief: „Ich habe euch zu danken, dass ihr nach mir geschickt habt, hohe Frau."

Liutgard senkte den Blick: „Nun, ihr könnt euch denken, wie belanglos und freudlos die Wintertage hier im Kloster sein können, Melchior. Da tut Abwechslung not."

„Ganz zu euren Diensten".

Der Blick in Melchiors Augen verbrannte Liutgard.

„Wie ich sehe, erweist ihr mir die Ehre und tragt meinen Ring?"

Der Hofnarr betrachtete den blutroten Granatring an Liutgards Hand.

Sie schluckte: „Ich lege ihn niemals ab, auch nachts nicht ... Doch sagt mir, wie kommt ein einfacher Hofnarr wie Ihr zu solch einem Kleinod?"

Melchiors Blick schweifte in die Ferne: „Nichts ist wie es scheint, Herrin. Ich bin nicht als Hofnarr geboren. Mein Lebensweg begann ..."

Rosina hatte indessen den schweren Schritt Konrads auf dem Steinboden vernommen und räusperte sich vernehmlich.

Melchior küsste den Saum von Liutgards weinrotem Kleid und verschwand.

In dieser Nacht fand Liutgard keinen Schlaf. Konrad neben ihr schnarchte laut und zufrieden, nachdem er von ihr abgefallen war wie eine fette Zecke.

Sie rollte sich zur Seite, sinnierte und drehte dabei versonnen an ihrem Ring.

Was hatte Melchior nur gemeint *nichts ist wie es scheint*?

Vorsichtig, um Konrad nicht zu wecken, glitt sie aus dem Bett und schlüpfte in ihren pelzverbrämten Mantel und die weichen Schuhe. Auf ein Zeichen von ihr erhoben sich die Hunde Rigo und Jago und folgten ihr lautlos. Sie musste noch einmal im Oratorium nachsehen.

Die eisige Kälte der Winternacht füllte die Luft und ein fahler Vollmond warf sein Licht auf den Schnee im Burghof. Liutgard zitterte bereits vor Kälte und verwünschte sich für ihre Idee.

Im Oratorium brannte treu das ewige, durch nichts zu erschütternde Licht und beleuchtete den Altar, auf dem das Desideriuskreuz gestanden hatte.

Liutgard seufzte. Sie umrundete den Altar, tastete die steinernen Intarsien ab, ging auf die Knie und suchte den Boden ab. Nichts, keine Spur, kein noch so kleiner Hinweis auf den Raub. Nur eine dunkle Stelle auf dem Steinboden erinnerte an Mater Symphorosas grausamen Tod.

Hinter ihrem Rücken glitt ein Schatten in das Oratorium. Rigo und Jago hoben die Köpfe und lauschten in die Dunkelheit.

„Ist da jemand?", Liutgards Stimme klang dünn und zittrig.

Die Gestalt trat aus dem Dunkel und Liutgard erkannte Melchior.

„Was tut ihr hier?!"

„Verzeiht, Herrin, ich konnte nicht schlafen, blickte aus dem Fenster und sah euch über den Hof huschen ..."

Liutgard fror inzwischen so sehr, dass ihre Zähne klapperten. Melchior nahm seinen wollenen Mantel und hüllte Liutgard darin ein.

„Ihr werdet erfrieren", sagte er mit sanfter Stimme an ihrem Ohr.

Liutgard sah den Hofnarren mit riesengroßen Augen an: „Melchior, ich erfriere nicht, ich verbrenne ..."

Da hob er sie auf seine Arme wie ein Kind.

In dieser Nacht erhellte ein loderndes Feuer das Oratorium, das niemand sehen konnte und niemand spüren konnte und das in seinem Schein zwei Liebende vereinte.

Neun Monate später, an einem warmen Spätherbsttag, schenkte Liutgard einem Sohn das Leben. Der Kleine war kräftig und schrie sofort aus Leibeskräften als er Liutgards Schoß verließ.

Rosina, die die ganze Nacht neben ihrem Liebling gewacht hatte, trocknete ihr die Stirn ab und wischte ihr das verschwitzte Haar aus dem Gesicht.

„Ein kräftiger Junge", brummte die Hebamme zufrieden, als sie die Nabelschnur durchtrennte, „euer Gatte kann stolz sein!"

Rosina flößte Liutgard warme Milch mit Honig und Gewürzen ein, wusch sie und zog ihr ein frisches Leinenhemd an.

„Rabenschwarze Haare hat der Kleine, und so ein energisches Kinn", meinte die Hebamme, als sie den Neugeborenen badete, der immer noch wie am Spieß schrie.

Liutgard wurde rot und war froh, dass Rosina das nicht sehen konnte.

Die Hebamme rieb den Kleinen mit zerstoßenen Rosenblättern ein und strich ihm Honig an den Gaumen.

„Ihr müsst euren Gatten sehr lieben, dass euch ein so kräftiger Junge geschenkt wurde", konstatierte die Hebamme, „schickt nach der Amme, rasch, und nach dem Priester, damit der Kleine in Christi Namen getauft werde."

Von diesem Tag an hieß Liutgards Sohn Otto und er wuchs zu einem hübschen Knaben mit dunkelbraunen Augen und schwarzen Locken heran, der früh eine außergewöhnliche musikalische Begabung entwickelte.

Der Brief

Am Morgen ihres 40.Geburtstages erwachte Euphrosine Hase vom Geräusch des Regens, der an ihre Fensterscheiben trommelte. Wie gemütlich, dachte sie und kuschelte sich tiefer in ihre Bettdecke.

Sie hatte sich gestern (oder heute?) um Mitternacht selbst mit einem Aperol Spritz zugeprostet und sinniert, was der heutige Tag wohl bringen werde: Der Termin beim Notar um 10 Uhr 30 stand an, dann ein schönes Mittagessen (unbedingt im Freien, falls der Regen bis dahin aufgehört hatte) und dann vielleicht eine kleine Spritztour am See entlang ...? Ein guter Plan, lobte sich die Häsin selbst, ein sehr guter Plan.

Eine gute Stunde später stöckelte sie, angetan mit einem dunkelblauen Hosenanzug, weißer Bluse und schrecklich unbequemen Pumps Richtung Innenstadt zum Rathaus.

Das Notariat lag im Erdgeschoss, war dunkelbraun möbliert und roch muffig. Der Notar Signor Carollo war klein und verschwitzt und tänzelte geschäftig auf sie zu: „Signora Hase, buongiorno, willkommen, bitte nehmen Sie doch Platz, einen Espresso vielleicht, nein?" Er wischte sich mit einem feuchten Taschentuch über die Stirn.

„Ein Wasser wäre schön, danke." Euphrosine ließ sich vorsichtig tief in einen dunkelgrünen Samtsessel gleiten, der seine besten Tage schon lange hinter sich hatte. (Hoffentlich komme ich da jemals wieder heraus ...)

Signor Carollo patschte in die Hände: „So ja, nun, ich habe Ihnen im Auftrag Ihrer verstorbenen Mutter etwas auszuhändigen, wo hab ich es nur, wo hab ich es nur ...?"

Er wühlte in einem Stapel Unterlagen, die turmhoch am Rande seines gewaltigen Mahagonischreibtisches balancierten und jeden Moment aus dem Gleichgewicht zu geraten drohten. Mit einem Ruck zog er ein Kuvert aus der Mitte heraus. Der Stapel schwankte bedrohlich, beruhigte sich jedoch dann.

Er nahm hinter seinem Schreibtisch Platz, öffnete das Kuvert und bat Euphrosine zu sich.

„In diesem Kuvert befinden sich erstens ein versiegelter Brief an Sie persönlich, zweitens ein Schlüssel und drittens, er stutzte, ein Bibelspruch ... Ich darf Sie bitten, mir hier den Empfang zu bestätigen."

Sein dicker, kurzer Zeigefinger deutete auf ein Formular das er mit einer raschen Attacke aus dem Stapel gerissen hatte.

Die Häsin unterschrieb, nahm den Brief, den Schlüssel und den Bibelspruch und reichte Signor Carollo die Hand, was sie sofort bereute.

„Herzlichen Dank und einen schönen Tag für Sie, Signor Carollo." Dieser nickte gnädig und begleitete sie schwungvoll zur Tür.

„Die Pirouette fehlt", dachte sie amüsiert.

Der kleine Notar beugte sich vor und wisperte bedeutungsvoll: „Und alles, alles Gute zum Geburtstag, Signora. Es wird ein sonniger Tag!"

„Dein Wort in Gottes Ohr", dachte die Häsin, als sie vor dem Eingang ihren Schirm aufspannte.

Sie suchte sich eine ruhige Ecke in einem kleinen Café, bestellte sich einen Espresso und eine Limonentarte und zog den Brief ihrer Mutter aus seinem Kuvert.
An meine Tochter Euphrosine war in schwungvoller Handschrift darauf vermerkt.
Sie faltete die Bögen auseinander und schnupperte vorsichtig daran. Ein zarter Geruch nach Lavendel, vielleicht.

Mein liebe Euphrosine, mein geliebtes, einziges Kind,

eigentlich hatte ich gehofft, all das, was ich dir nun erklären werde, persönlich erzählen zu können. Aber das Schicksal – oder nenn es wie du willst – hat es anders gewollt.
Wie gerne hätte ich dich aufwachsen und groß werden sehen ... Du bist bestimmt eine sehr schöne Frau geworden (naja, dachte Euphrosine) mit deinen roten Locken und den braunen Augen.
Ich hoffe, dass du dich an mich erinnern kannst: Aber die roten Locken hast du von mir – sie sind sozusagen das Markenzeichen unserer Familie. Und damit sind wir schon beim Thema: unsere Familie.
Ich habe bewusst »Brescia« gewählt, um dich in alles einzuweihen, denn hier begann im Jahre 947 n. Chr. unsere Geschichte. Vielleicht hast du die ehemalige langobardinische Klosteranlage San Salvatore auf dem Hügel schon bemerkt – vielleicht hast du sie

auch schon besichtigt. Dort war vor vielen Jahrhunderten das sogenannte Desideriuskreuz beheimatet, ein wertvolles Vortragekreuz aus dem 7. Jahrhundert, das primär im Besitz von Berengar II., dem König von Italien war, der von Liutgards Vater Otto I. vertrieben wurde. Dieses Kreuz bekam Liutgard, Königstochter aus dem Geschlecht der Liudolfinger zusammen mit dem Kloster von ihrem Gatten, dem Salier Konrad dem Roten als Morgengabe geschenkt. Liutgard liebte und verehrte dieses Kreuz und war untröstlich, als es eines Nachts aus dem Oratorium gestohlen wurde. Es war und blieb über die Jahrhunderte verschollen und bis heute weiß niemand, wo es ist. Du wirst nun denken, eine ganz nette Geschichte, aber warum erzählt sie mir das alles?

Nun, liebes Kind, ich erzähle dir das alles, weil es die Geschichte unserer Familie ist: meiner und deiner. Du und ich sind nämlich Nachfahren von eben dieser Liutgard (denk nur mal an unsere roten Locken – der Überlieferung nach hat sie jede Frau aus dem Hause der Liudolfinger) und, jetzt kommt es: pikanterweise eben nicht Nachfahren des Salierkönigs Konrad, sondern der geheimen Liebe Liutgards zu dem Hofnarren Melchior.

Das Zeichen seiner Liebe und Treue ist der Ring mit dem herzförmigen Granat, den Melchior seiner Liutgard damals schenkte, der über viele Generationen in unserer Familie vererbt wurde, den ich, wie du vielleicht noch weißt, immer getragen habe, und der nun dir gehört.

Seit vielen Jahrhunderten kämpfen nun die Nachfahren von Berengar und Liutgard um den Besitz dieses einzigartigen und sehr, sehr wertvollen Kreuzes. Dieser Kampf hat Opfer auf beiden Seiten gefordert und auch ich werde vielleicht mit dem Leben dafür bezahlen müssen.

Euphrosine stiegen die Tränen in die Augen: Dann war der Tod ihrer Mutter vielleicht gar kein Suizid?

Um dich zu schützen, als du klein warst, habe ich niemals versucht, das Versteck des Kreuzes zu finden.

Falls ich nicht mehr dazukomme, falls mir keine Zeit mehr bleibt, meine geliebte Tochter, musst du an meiner Stelle versuchen, dieses Kreuz zu finden und an seinen ursprünglichen Platz, das Oratorium des Klosters San Salvatore zurückzubringen.

Ich übergebe dir dazu einen Bibelspruch, der dir bei der Suche vielleicht helfen kann. Um die Schatulle, in der das Kreuz bewahrt wird, mit dem Schlüssel zu öffnen, bedarf es eines Codewortes, das ich dir hier nicht nennen kann, falls der Brief in falsche Hände gerät. Aber du bist ja ein kluges Mädchen: Darum denke nur an unsere Urahnin und an unser Lieblingsspiel ... Diese Informationen wurden über die Jahrhunderte nur an die Frauen in unserer Familie weitergegeben. Ich bin fest überzeugt: Nur, wenn das Desideriuskreuz an seinen angestammten Platz zurückkehrt, kann Frieden einkehren und diese todbringende Fehde ihr Ende finden. Viele Jahrhunderte

*lang hatte niemand aus unserer Familie den Mut,
sich auf die Suche zu machen, wo die Nachfahren
Berengars das Kreuz versteckt halten. Du weißt ja
nun, warum. Diese Aufgabe habe ich nun für dich
bestimmt, liebe Euphrosine.*

*Ich weiß, mein liebes Kind, ich mute dir sehr viel zu,
mehr als du momentan in der Lage bist, zu erahnen
– aber ich weiß, du hast die Kraft, den Mut und das
Glück, die man für diese gefährliche Unternehmung
braucht. Finde das Desideriuskreuz und bring es
nach Hause – damit dieser Irrsinn ein Ende hat und
du und die Familie, die du – ich wünsche es dir so
sehr – vielleicht hast, in Frieden leben kann.*

Euphrosine schnaufte tief und legte den Brief zur Seite. Sie versuchte, ihre Gedanken zu sortieren. Ein wunderbares Geburtstagsgeschenk: Begib dich in Lebensgefahr, aber versuche, nicht dabei zu sterben.

*Nun hoffe ich, mein Liebling, du ärgerst dich nicht
über deine Mutter und ihren irrwitzigen Auftrag –*

Irrwitzig trifft es ganz gut, Mama.

*und ich habe dir nicht deinen 40. Geburtstag verdorben – ich hätte ihn so gerne mit dir gefeiert!
Hab einen wunderschönen Tag, ich bin aus dem Wo-
auch-immer ganz nahe bei dir und umarme und
küsse dich.*

Deine Mama

P.S.: Bleib gesund und pass gut auf dich auf!

Die Häsin stocherte eine Weile gedankenverloren in ihrer Limonentarte, dann schob sie den Brief zurück in das Kuvert und bestellte sich einen großen Grappa.

Sie betrachtete den Granatring, mit dem blutroten Stein und drehte ihn nachdenklich am Ringfinger hin und her.

Ihre lustige, fröhliche, kichernde, mutige Mama ...

Euphrosine konnte sich noch gut an sie erinnern: die Art, wie sie den Kopf in den Nacken warf, dass ihre roten Locken wippten, ihre vielen, vielen Sommersprossen die sich auf ihren Armen und Beinen und im Gesicht tummelten wie Sprenkel von Milchkaffee, ihre braunen Augen, die mal versonnen guckten und mal blitzten und ihre bunten Kleider (blau, petrol, grün, feuerrot und sonnengelb). „Heute ist ein grüner Tag", sagte sie zu ihrer Tochter wenn sie vor dem Kleiderschrank stand, oder: „Heute ist ein gelber Tag".

Sie hatte Euphrosine völlig unorthodox erzogen – das hatte schon bei der Namensgebung begonnen und setzte sich durch die wenigen Jahre, die Mutter und Kind miteinander verbringen durften, fort: Die Häsin wurde solange gestillt, bis sie in die Schule kam, es gab kein Fleisch und keinen Fisch, dafür viel Getreide, Eier, Gemüse und Obst. Zucker nur am Sonntag, und Euphrosine bekam schon mit vier Jahren Kaffee mit Milch in einem Eierbecher, wenn sie mit ihrer Mutter am Tisch mit der blauweißen Decke frühstückte.

Sie kannte mit fünf Jahren schon alle Blumen und Wiesenkräuter, die rund um das Haus wuchsen, erkannte die Stimmen der Vögel und konnte die Bäume anhand ihrer Blätter bestimmen.

Ludovica Hase lehrte ihre Tochter schwimmen als sie drei Jahre alt war („damit du mir nicht im Bach ertrinkst, wenn ich mal nicht aufpasse") und Radfahren sobald sie mit den Zehenspitzen den Boden berühren konnte, wenn sie auf dem Kinderfahrrad saß.

Sie machte mit dem Kind Mondscheinwanderungen und stapfte mit ihr an Sylvester mit Fackeln durch den Schnee.

Und sie lehrte rückwärts sprechen, Brot backen und giftige von essbaren Beeren zu unterscheiden. Als Euphrosine vier Jahre alt war, konnte sie lesen.

Nur eine Frage beantwortete sie niemals: Wenn Euphrosine nach ihrem Vater fragte, wurde Ludovicas Gesicht zu Stein und sie presste die Lippen aufeinander.

Ludovica Hase scherte sich einen Dreck darum, was die Leute dachten und hinter ihrem Rücken über sie tuschelten.

Sie war in das Dorf gezogen, als sie schwanger war, mit einem unübersehbaren Bauch, hatte das Häuschen neben dem Bach gemietet, ihre sieben Sachen darin verstaut und in einer Juninacht während eines gewaltigen Gewitters Euphrosine ganz alleine zur Welt gebracht.

Als sie das rotverschrumpelte, schmierige kleine Etwas nach Stunden heftigen Schmerzes aus sich herausgepresst hatte, zog sie es sofort an ihre Brust und lehnte sich erschöpft in das Kissen zurück.

Ludovica Hase flüsterte dem kleinen Wesen glücklich seinen Namen ins Ohr, sie schnitt die Nabelschnur durch und vergrub später die Plazenta unter der alten Weide.

Am nächsten Morgen band sie sich das Neugeborene mit einem Tuch um, nachdem sie sich gewaschen hatte und marschierte ins Dorf zum Krämer.

Sie kaufte einen ganzen Gugelhupf, „den hab ich mir verdient, meinen Sie nicht auch, Frau Zwerger?", eine Flasche Wein, zwei Pfund Kaffee und 10 Eier.

Die Krämerin, die selbst keine Kinder hatte, linste in das Tragetuch: „Mei, is des was Liabs! Und so winzig, gell!" Sie schlug die Hände zusammen.

„Naja, ein Neugeborenes halt", sagte Ludovica etwas säuerlich. Ihr Bedarf an geistreicher Konversation war für heute gedeckt.

Wie ein buntes, fröhliches Mosaik in einem Kaleidoskop hatte Euphrosine ihre Kindheit in Erinnerung. Ihre Mutter vermochte mit ihrer fröhlichen und fürsorglichen Art ihrer Tochter ein Zuhause zu schaffen, in welchem das Kind einen Vater nicht vermissen musste.

Das Schönste waren für die Häsin die Geburtstagsfeiern, wo sie alle Freundinnen und Freunde, ja sogar die ganze Klasse einladen durfte, ihre Mutter blecheweise Kuchen und Pizza buk, mit ihnen im Wald Cowboy und Indianer spielte, am Lagerfeuer Würstchen grillte und mit der Gitarre Lieder sang.

Die alleinerziehende Mutter mit ihrer schüchternen Tochter bot anfangs genügend Gesprächsstoff für die Dorfbewohner.

Man wunderte sich, wie die Frau ihren Lebensunterhalt verdiente, „wo sie doch nicht arbeitet", wie sie das Haus finanzierte „vielleicht hat sie geerbt?" und natürlich, wer der Vater sei „man hat ja nie einen gesehen, der sie und das Kind besucht hat".

Doch da sich Ludovica nie etwas zuschulden kommen ließ, ihre Einkäufe bei der Krämerin im Ort erledigte und sogar sonntags ab und zu in die Kirche ging, ließ man sie nach einiger Zeit in Ruhe.

Euphrosine konnte sich nicht erinnern, dass ihre Mutter jemals über Geld gesprochen oder geklagt hatte, was alles wieder teurer geworden war.

Es gab genug zu essen und Ludovica achtete sehr darauf, dass Euphrosine immer ordentlich gekleidet war. An Weihnachten erfüllte Ludovica ihrer Tochter alle Wünsche und auch für sie selbst lag stets ein ungewöhnlich eingepacktes Geschenk unter dem Baum, das mit Tannenzweigen, die nach Zitrone dufteten („die sind von der Douglasie, Euphosine") und Ilex verziert war.

Ein geheimnisvolles Lächeln glitt über Ludovicas Gesicht, wenn sie es auspackte und sie schien sich sehr darüber zu freuen.

Im Sommer lag manchmal eine Rose auf der Fensterbank oder es lagen Waldhimbeeren oder im Herbst Pilze mit samtbraunen Kappen dort.

„Wo ist das her, Mama, wer hat das gebracht?"

„Tcharbeg eefdlaW eid tah sad", lachte Ludovica und schob ihrer Tochter eine Himbeere in den offenen Mund.

„Das hat die Waldfee gebracht?", wiederholte Euphrosine verständnislos.

Ludovica lächelte nur, tupfte ihrem Kind mit dem Zeigefinger auf die Nase und schwieg.

Unbeschwerte Tage waren das, voller Freiheit und Glück. Ludovica ließ ihre Tochter unbekümmert am Bach oder im Wald spielen. Sie wusste, Euphrosine war stets vor Einbruch der Dunkelheit im Haus.

Einmal, an einem Sommernachmittag hatte sie sich jedoch zu weit in den Wald vorgewagt: Sie war einem Kaninchen hinterhergelaufen und hatte dabei die Orientierung verloren.

Die Bäume standen plötzlich dicht und dunkel und der Weg, auf dem Euphrosine gekommen war, war nicht mehr zu finden. Es begann zu dämmern, als sich das Tageslicht zurückzog und sie war stundenlang herumgeirrt, in der Hoffnung, eine Lichtung zu erreichen. Schließlich sank die Nacht herab. Euphrosine war heiser vom Rufen.

Sie hatte Hunger und Durst, war verheult und völlig erschöpft. Am Ende ihrer Kräfte rollte sie sich unter einer hohen Tanne zusammen und schlief ein.

Da spürte sie, wie sie ganz sanft jemand aufhob und auf die Arme nahm. Eine große Gestalt trug Euphrosine behutsam aus dem Wald. Sie wagte nicht, die Augen zu öffnen und stellte sich schlafend. Heimlich, ganz heimlich blinzelte sie zwischen den Wimpern hindurch und sah ein bärtiges Gesicht und zwei dunkle Augen unter einem großen Hut.

Als sie in die Nähe des Hauses kamen, lief Ludovica ihnen völlig aufgelöst und erleichtert entgegen.

Sie nahm Euphrosine auf den Arm und lächelte liebevoll: „Ich danke dir ..." Sie strich dem Mann zärtlich über die Wange. Dieser nickte stumm, drehte sich um und ging mit schweren Schritten Richtung Wald zurück.

So vergingen die ersten sieben Jahre von Euphrosines Kindheit relativ unbeschwert. Bis zu dem Tag nach ihrem siebten Geburtstag, als sie mittags von der Schule heimkam und ihre Mutter ganz blass und stumm am Küchentisch sitzend vorfand. Sie hatte den Kopf in die Hände gestützt, die Augen waren rot, sie starrte in den Garten hinaus.

„Mama?", Euphrosine streichelte ihren Arm. In ihr kroch die Angst nach oben wie ein Salamander.

„Mama, was hast du denn?!"

Ludovicas Blick kam von sehr weit her.

Sie atmete tief ein: „Nichts, mein Schatz, nichts, keine Sorge, es ist alles gut."

Ludovica Hase sprach mehr zu sich selbst als zu ihrem Kind. Sie zwang sich aufzustehen und den Tisch zu decken. Die Routine eines alltäglichen Ablaufs half ihr, sich zu fangen.

Sie schöpfte Euphrosine Kürbissuppe in den Teller und malte mit Kürbiskernöl einen Smiley auf die Oberfläche.

„Niedlich, nicht?"

„Ja schon, Mama, aber was ist los?"

„Ich hab ein bisserl Kopfweh, das vergeht schon wieder." Das Lächeln, zu dem sich Ludovica zwang, misslang.

Sie ging zum Küchenschrank, holte nacheinander verschiedene Teedosen heraus, schnupperte daran, schüttelte den Kopf, roch an einer anderen, überlegte, verschloss sie wieder und sagte plötzlich erleichtert: „Das ist es!"

Der Tee, den sie aus dem Inhalt herstellte, roch abscheulich. Euphrosine rümpfte die Nase: „Pfui, Mama, wie kannst du nur so was trinken!"

Ludovica Hase hielt die bauchige Tasse mit beiden Händen, lehnte sich zurück, nahm einen großen Schluck und sagte mit hochgezogenen Augenbrauen: „Mei, wenn's hilft, gell?"

Der weitere Tag verging unspektakulär und als sich beide zum Abendbrot an den Tisch setzten, hatte Euphrosine die mittägliche Episode schon wieder vergessen.

Als Ludovica ihre Tochter zu Bett gebracht und ihr eine weitere Episode aus »Harry Potter und der Stein der Weisen« vorgelesen hatte, segnete sie Euphrosine, sah sie ernst an und sagte eindringlich: „Was immer auch jemals geschehen mag, mein Kind: Ich hab dich sehr, sehr lieb und bin immer bei dir."

„Aber das weiß ich doch, Mama!" Euphrosine rollte sich in die Bettdecke ein und tastete mit den Füßen nach der kuschligen Wärmflasche, die ihr die Mutter an das Fußende geschoben hatte.

Wohlig eingemummelt, fielen ihr die Augen zu.

Am nächsten Morgen erwachte sie davon, dass die Sonne hell in ihr Zimmer schien und Lumpi, ihr Hund auf ihrem Bettvorleger saß und winselte.

Euphrosine sah auf den Wecker auf ihrem Nachttisch: 8 Uhr 20. Der Lumpi wetzte und winselte weiter.

Hatte die Mama verschlafen? Sie ging doch sonst immer mit ihm jeden Morgen gegen 6 Uhr spazieren und machte dann Frühstück für beide.

Heute war Samstag, so viel steht fest, dachte Euphrosine. Keine Schule. Eindeutig: Die Mama hat verschlafen!

Sie glitt aus dem Bett in ihre Hausschuhe. „Komm, Lumpi", ging nach unten und ließ den verzweifelten Hund in den Garten.

Keine Mama weit und breit.

Sie füllte dem Hund Trockenfutter in den Napf und frisches Wasser.

Wo war die Mama?

Euphrosine machte sich auf die Suche. Das Schlafzimmer war leer, das Bett zerwühlt, das Nachthemd lag auf einem Stuhl daneben. Die Hausschuhe waren weg. Euphrosine wurde unruhig, sie begann sich zu fürchten.

Langsam schlich sie durch das ganze Haus, vorsichtig einen Raum nach dem anderen: Bad, Wohnzimmer, Arbeitszimmer.

Keine Spur von der Mama.

Ihr Fahrrad lehnte vor der Haustür, ihre Schuhe standen an der Garderobe wie immer.

Also war die Mama auch nicht im Dorf. Im Garten vielleicht?

„Mama? MAMA!!" Nur Vogelgezwitscher und das un-
gerührte Glucksen des Baches neben dem Haus.

Euphrosine ging zurück ins Haus. Einen Raum hatte
sie bei ihrer Suche übersehen, bewusst übersehen: den
Dachboden. Sie fürchtete ihn. Er war dunkel, staubig,
voller Spinnweben.

Mit wackligen Knien öffnete sie die Tür zum Speicher
und ging langsam, ganz langsam Stufe für Stufe die
Treppe nach oben.

So viel Angst, dass sie kaum atmen konnte. Die Hände
eiskalt.

Als Euphrosine auf der letzten Stufe stand und nach
oben blickte, war es, als hätte sie jemand entzweigeris-
sen:

Von einem Balken hingen die grünen Hausschuhe von
der Mama.

Als Euphrosine Hase viel später von ihrer Psycholo-
gin gefragt wurde, warum sie denn nur die grünen
Schuhe gesehen hätte, und nicht ihre Mutter, antwortete
sie: „Das andere da, das war nicht mehr meine Mama."

Antonio, der Eisverkäufer, sah an jenem Samstag-
morgen Euphrosine in ihrem Nachthemd mit wachs-
weißem Gesicht und riesengroßen, schwarzen Augen,
den Lumpi neben sich, in die Eisdiele kommen, ganz
langsam, einen Fuß vor den anderen setzend. Ihm war
sofort klar, dass etwas Entsetzliches geschehen sein
musste.

Er wickelte das kleine Mädchen in eine Decke, gab ihr
heißen Kakao, rief die Polizei und verständigte den Arzt.

Nach diesem traumatischen Ereignis hörte Euphrosine auf zu sprechen und blieb ein Jahr lang stumm.

Tante Gundula fing sie auf. Sie hatte keinen Augenblick gezögert, als man sie bat, das traurige, traumatisierte Mädchen als Pflegekind aufzunehmen.

Über 40 Jahre lang hatte sie in dem kleinen Kindergarten die Kinder des Dorfes betreut und deren Kinder und Kindeskinder. Sie kannte sie alle.

Sie hatte ihnen die Nasen geputzt, ihnen vorgelesen, sie getröstet, mit ihnen Vatertagsgeschenke gebastelt und für den Muttertag Gedichte gelernt, sie hatte ihnen die Hände gewaschen und die Schuhe zugebunden.

Als der Ludwig während einer Grundsatzdiskussion über die Größe des väterlichen Traktors die Leni vor Wut in den Arm gebissen hatte, sorgte sie dafür, dass er „Auf der Stelle!" von seiner Mutter abgeholt werden musste: „Tante Gundula, des tut mir jetzt schrecklich leid, des arme Deandl – mogst an Schoklad, Leni? (Leni wollte keine Schokolade), also glaubst es, der Bua! Ludwig, wir gehen jetzt sofort, aber sofort heim!"

Tante Gundula war breiter wie lang, trug eine eng ondulierte Dauerwelle, schmauchte jeden Mittag nach dem Abspülen auf dem Sofa ein Pfeifchen und war bekannt wie ein bunter Hund. Jeder grüßte sie.

Sogar der Bürgermeister sagte artig: „Grüß Gott, Tante Gundula", wenn er ihr begegnete. Sie wusste alles über jeden und immer einen guten Rat. Alle liebten sie.

Als ein unvorsichtiger Versicherungskaufmann auf der Durchreise beim Einparken Tante Gundulas Wagen rammte, mit rotem Kopf ausstieg und begann, Tante Gundula anzubrüllen, hätten ihn die Umstehenden beinahe gelyncht.

Mit viel pädagogischem Fingerspitzengefühl, mütterlicher Fürsorge und einer gehörigen Portion Lebenserfahrung im Umgang mit Kindern war es ihr mit der Zeit gelungen, Euphrosines Vertrauen zu gewinnen.

Sie verstand es, in Kinderseelen zu blicken und so gelang es ihr nach langen 12 Monaten, dass Euphrosine wieder zu sprechen begann.

Tante Gundula und ihr Haus am Waldrand wurden für Euphrosine Heimat, was vor allem auch daran lag, dass die alte Erzieherin das Andenken an die tote Mutter behutsam pflegte, indem sie viel mit dem Kind über sie sprach und so die Erinnerung lebendig hielt.

Das Kloster

Die Häsin hatte sich ein Cabrio gemietet und zockelte gemütlich die Via XX. Settembre entlang, vorbei am Parco Dell'Acqua, der Fontanina di Piazza Tebaldo Brusato und dem Palazzo Monti zum Kloster San Salvatore hinauf. Dass sie dabei mehrfach mit Gehupe überholt wurde, störte sie nicht: Sie hatte Zeit und genoss bei geöffnetem Verdeck den Fahrtwind.

Oben angekommen, parkte sie den Wagen und betrat staunend den *Complesso monastico:*

»Das seit 2011 zum Weltkulturerbe der UNESCO gehörende Kloster San Salvatore oder Santa Giulia war 753 vom späteren Langobardenkönig Desiderius und seiner Frau Ansa als Frauenkloster gegründet worden und diente ab Mitte des 9. Jahrhunderts n. Chr. als königliches Kloster der Versorgung der karolingischen Herrscher Italiens. Der Komplex besteht aus römischen, vorromanischen, romanischen sowie Bauten der Renaissance.«

konnte Euphrosine einem Flyer, der am Eingang auslag, entnehmen.

Ein seltsames Gefühl, zu wissen, dass hier meine Wurzeln sind und meine Urahnin hier gelebt und geliebt hat, dachte sie versonnen.

Sie besichtigte die Chiesa di San Salvatore aus dem 9. Jahrhundert, die Chiesa di Santa Maria und die Chiesa di

Santa Giulia, die Katakomben und den antiken Speisesaal.

Den Höhepunkt ihrer Besichtigung hob sich die Häsin bis zum Schluss auf: die kleine Gedächtniskapelle Santa Maria in Solari mit ihren beiden, durch eine Steintreppe verbundenen Ebenen.

Über der oberen Ebene wölbt sich, der Himmelskuppel gleich, eine mit Fresken und Sternen verzierte Decke. Unter ihrem Dach ein Altar, der einst das Desideriuskreuz gehütet hatte.

Euphrosine legte den Kopf in den Nacken und trat einen Schritt zurück, um den Gesamteindruck auf sich wirken zu lassen.

Zu spät bemerkte sie, dass sie dabei jemandem ziemlich heftig auf den Fuß getreten sein musste.

„Das kostet mindestens einen Espresso", sagte eine belustigte Stimme hinter ihr.

Die Häsin fuhr herum und sah in das Gesicht eines nicht mehr ganz jungen Mannes, der sie mit schief gelegtem Kopf angrinste.

„Das tut mir schrecklich leid, entschuldigen Sie bitte! Aber ich war so versunken in dieses wunderschöne Fresko, dass ich Sie gar nicht bemerkt habe."

„Giovanni."

„Giovanni ... Ich heiße Euphrosine."

Giovanni zuckte nicht einmal mit der Wimper: „Ein schöner Name, er steht Ihnen gut! Wenn Sie mögen, draußen gibt es ein kleines Café, ganz nett, wie ich im Vorbeigehen vorhin bemerkt habe."

Euphrosine lächelte: „Sehr gerne!"

Die nächsten Tage war die Häsin sehr beschäftigt: Giovanni schien sich gut in der Gegend auszukennen und sie fuhren mal hier und mal dort hin. Der Wettergott war gnädig gestimmt, so dass sie meist mit Euphrosines Cabrio offen fahren konnten.

Giovanni war sehr aufmerksam (da könnte sich der Leopold mal eine Scheibe abschneiden!), verwöhnte sie mit Blumen, zeigte ihr die regionalen Besonderheiten, die Touristen meist verborgen blieben, wusste die besten Bars, Cafés und Restaurants und: Er war ein exzellenter Zuhörer.

Nach einer Woche gemeinsam verbrachter Zeit hatte Euphrosine genug Vertrauen gefasst, um Giovanni den wahren Grund ihres Aufenthaltes zu erzählen, von dem Brief, dem Schlüssel und dem Bibelspruch und von ihrem Besuch bei Signor Visconte.

Er hörte schweigend zu und als sie geendet hatte, meinte er: „Und du willst das alles auf dich nehmen, diese Gefahr – einmal wurdest du ja bereits niedergeschlagen – nur um eine alte Familienfehde zu befrieden, die Jahrhunderte vor deiner Geburt begonnen hat?"

Euphrosine stützte den Kopf in beide Hände und sah Giovanni lange in die Augen.

Dann sagte sie: „Es ist nun mal der letzte Wunsch meiner Mama und ich könnte es mir nicht verzeihen, wenn ich ihn ignorieren würde. Kannst du das verstehen?"

Giovanni lehnte sich zurück und schwieg eine Weile. „Das kann ich."

Als die Häsin und Giovanni von einem langen Ausflug nach Malcesine zurückkamen und sie die Tür ihres Zimmers aufschließen wollte, bemerkte sie, dass diese nicht abgeschlossen war.

Das Zimmer war komplett auf den Kopf gestellt worden, die Schubladen durchwühlt, die Schranktüren standen offen, selbst im Badezimmer war kein Stein mehr auf dem anderen.

Die Häsin pries sich selbst für ihre Umsicht, den Brief ihrer Mutter mit dem Bibelspruch und den Schlüssel stets in der Handtasche bei sich zu tragen.

Die Pensionswirtin hatte nichts bemerkt und der örtliche Gendarm nur ein Achselzucken übrig: „Das passiert, Signora, das passiert. Leider. Aber nachdem Sie nichts vermissen, kann ich nichts für sie tun – mi dispiace!"

Giovanni beruhigte sie: „Das kommt leider in touristischen Gebieten häufig vor. Die Polizei kommt gar nicht mehr nach, das kannst du mir glauben."

Euphrosine warf den Kopf herum und fauchte: „Ich glaube dir ja!"

Er nahm sie in den Arm und wuschelte in ihrer roten Lockenmähne: „Komm, ich lade dich ein in die kleine Bar um die Ecke zu einem Aperitivo und wir überlegen, wo wir heute essen gehen."

Die Häsin knurrte. Aber nur kurz. Giovanni war zu charmant.

Als Euphrosine am nächsten Morgen gut gelaunt aufwachte und mit der Hand neben sich tastete, fand sie nur einen Zettel: „Amore, ich bin beruflich ein paar Tage unterwegs und wollte dir gestern den Tag damit nicht noch mehr verderben. Ich melde mich. Ciao bella mia!"

Nach einer heißen, sehr heißen Dusche und einem kleinen Frühstück im Bett fühlte sich die Häsin gewappnet, um den Leopold anzurufen.

Sie erzählte ihm alles von A bis Z: die Begegnung mit Signor Visconte, diesmal auch, dass sie niedergeschlagen worden war, den Inhalt des Briefes, die Besichtigung des *Complesso monastico* und die Begegnung mit Giovanni. Nur wie der Abend geendet hatte, verschwieg sie lieber.

Leopold hörte sich alles schweigend an, so schweigend, dass Euphrosine zwei-, dreimal nachfragte: „Bist du noch dran?"

Nachdem sie geendet hatte, schnaufte er tief und sagte er nach einer längeren Pause: „Was willst du tun, Euphrosine?"

„Wenn ich das wüsste ... Weißt du, ich fühle mich schon verpflichtet, Mutters letzten Wunsch zu erfüllen, obwohl ich nicht den leisesten Schimmer habe, wo ich anfangen soll, zu suchen!

Und dieser Bibelspruch ist mir auch keine Hilfe, geschweige denn der Schlüssel!

Außerdem wollte ich nochmal das Kloster sehen und das Oratorium – du weißt schon: den Geist der Vergangenheit atmen.

Ja und Signor Visconte besuchen, um zu sehen, wie es ihm geht und ob er mir helfen kann ..."

Hat man inzwischen eine Ahnung, wer seine Frau ermordet hat?"

„Die Polizei tappt noch völlig im Dunkeln. Der Ehemann und die beiden Kinder waren ja nachweislich zur Tatzeit in den Staaten, und weitere Spuren und Verdächtige gibt es nicht. Ich denke, dass der Fall zu den Akten gelegt wird."

Sie hatte während des Gesprächs nachdenklich mit dem Löffel Kreise aus einem Marmeladenkleks auf den Teller gemalt.

„Euphrosine, was ist denn das eigentlich für ein ominöser Bibelspruch?"

„Warte mal, sie fischte das Kuvert aus ihrer Handtasche, das ist Jesaja 54,10. Du kennst ihn bestimmt: *Berge mögen von ihrer Stelle weichen und Hügel wanken – aber meine Liebe zu dir kann durch nichts erschüttert werden.*

Und der Schlüssel scheint uralt zu sein, etwa 15 cm lang, mit einem mehrzackigen Bart und einem sehr schön gestaltetem Kopf.

Soll ich dir ein Foto schicken, Leopold?

Vielleicht kann der Vachek etwas damit anfangen – wenn du ihn aufsuchst, dann fällt er wenigstens nicht gleich Ohnmacht, wie bei mir!"

Die Häsin kicherte.

Leopold seufzte: „Versprich mir, dass du nicht leichtsinnig bist, sondern so vorsichtig wie möglich, Euphrosine. Ein Schlag auf den Kopf reicht!"

„Reicht völlig", bestätigte sie, „die Beule ist immer noch spürbar."

Eine Weile saß sie noch im Bett und bewegte ihre Beine langsam unter dem kühlen Laken hin und her und dachte an die vergangene Nacht.

Die Straße glänzte nach dem frühmorgendlichen Regen (die Häsin hatte nach einem Blick aus dem Fenster wohlweislich einen Schirm mitgenommen) und es war wenig Verkehr.

Ach, heute ist ja Sonntag! Hoffentlich war der Besucherandrang nicht so groß wie letztes Mal, so dass sie ein wenig Ruhe im Oratorium hatte.

Tatsächlich war sie alleine in der Kapelle. Die Häsin nahm auf einer Besucherbank Platz und ließ die Stimmung des Sonntagmorgens auf sich wirken.

Durch die geöffnete Tür drang nur das Geräusch des Regens und der Duft von nassem Gras.

Sie schloss die Augen und stellte sich Liutgard vor, wie sie vor vielen hundert Jahren auch hier gesessen hatte, meditierend und betend vor dem Desideriuskreuz. Vielleicht voller Sehnsucht.

Und vielleicht hatte sie auch den Granatring getragen, wer weiß ...

Das Piepen des Handys riss sie aus ihren Träumen.

Der Leopold schrieb, das war ja schnell gegangen: „Der Vachek sagt, seinen Nachforschungen zufolge handelt es sich bei diesem Schlüssel um einen Vollschlüssel mit einer prächtigen Zierreide, der zu einem im Mittelalter gebräuchlichen komplizierten Schließsystem gehören muss, das verwendet wurde, wenn Kostbarkeiten diebstahlsicher verschlossen werden sollten.

Dieses Schließsystem besteht aus acht verstellbaren Buchstabenringen und einem Riegel, der nur dann aus dem Schloss gezogen werden konnte und das Schlüsselloch freigab, wenn die Buchstabenringen den Aussparungen am Riegel gegenübergestellt werden konnten, was nur in Kenntnis der richtigen Buchstabenfolge möglich war. Der Vachek lässt grüßen. Pass auf dich auf. LG L."

Komplizierter geht es wohl nicht! Die Häsin verzog den Mund.

„Danke dir, Grüße zurück an Vachek."

Kenntnis der richtigen Buchstabenfolge. Dass der Bibelspruch dabei eine Rolle spielt, versteht sich. Nur, wie knackt man den Code? Und wo, um Himmelswillen befindet sich dieses Kreuz?

Sie fröstelte und sehnte sich nach einer heißen Schokolade.

Draußen hatte sich der Himmel verfinstert und schwere Regenwolken hingen in den Bergen. In der Ferne grollte Donner.

Er hatte eine Weile warten müssen, bis sie sich zurück zu ihrem Auto bequemte. Als sie um die Ecke bog, duckte er sich hinter das Lenkrad, aber sie hätte ihn sowieso nicht registriert. Das Vögelchen hat Angst, nass zu werden! Er gluckste vor Vergnügen

Gleich bist du fällig ... für das große Finale allerdings war es leider noch zu früh, er brauchte sie noch. Aber dann ...

Die Häsin beeilte sich zu ihrem Wagen zu kommen, gerade noch rechtzeitig, als ein sintflutartiger Regen losbrach.

Im Schneckentempo steuerte sie das Auto Richtung Stadt, als sie im Rückspiegel bemerkte, dass ein Fahrzeug mit eingeschaltetem Fernlicht und mit hoher Geschwindigkeit näher kam.

Fassungslos stellte sie fest, dass der Wagen begann, sie von hinten zu rammen und dabei versuchte, sie von der Straße zu drängen.

Euphrosine umklammerte das Steuer mit beiden Händen und bemühte sich, die im Scheinwerferlicht spiegelnde Straße zu fixieren. Sie begann, mit sich selbst zu sprechen: „Nur nicht aus der Ruhe bringen lassen, keine Angst, gleich bist du in der Stadt, alles gut, Leprotto, alles gut."

Da fühlte sie einen heftigen Stoß, spürte, wie sie die Kontrolle über das Fahrzeug verlor und ihr Wagen gegen etwas Hartes prallte. Dann wurde es dunkel um sie.

Berge mögen von ihrer Stelle weichen und Hügel wanken, aber meine Liebe zu dir kann durch nichts erschüttert werden.

Sie lief barfuß über weiches Moos. Die Sonne malte Kringel auf den Waldboden. So frei, so leicht ...

„Liebelein, nicht so schnell! Dass du mir nicht fällst!"

„Nein, nein, falle nicht!", sie hopste auf einem Bein.

„Liutgard ist schon ein großes Mädchen!"

„L-I-U-T-G-A-R-D!" Jeder Buchstabe ein Hüpfer.

„Liebelein, sei vorsichtig!

„Euphrosine!"

Jemand sagte von ganz weit weg ihren Namen: „Sie kommt zu sich, ihre Lider flackern."

Ich will den Waldboden zurück, bitte! Nicht diese Kopfschmerzen – ein schlechter Tausch!

Die Häsin blinzelte durch die Lidspalte: Der eine sah aus wie Leopold (was macht denn der Leopold hier?) und der andere ist ...

Sie bemühte sich, die Augen aufzuhalten: Der andere ist eindeutig, ist eindeutig ... ah, der Giovanni.

Sie wackelte zum Gruß mit drei Fingern der rechten Hand.

„Was ist alles kaputt, bitte?" Augen lieber wieder zu. Wer weiß, wie die Antwort ausfällt.

„Du hast Riesenglück gehabt, weil du dir nur ein kleines, dünnes Bäumchen ausgesucht hast", sagte der Leopold grimmig. Seinem Gesicht war die ausgestandene Angst anzusehen, er war käsebleich.

„Wie geht es dem Bäumchen?", nuschelte die Häsin.

Leopold schnaubte.

Giovanni streichelte ihre Hand. Auch ganz blass. Sehr gut, dachte Euphrosine. Da könnt ihr mal sehen...

„Ich wurde von der Straße abgedrängt. Also nicht, dass ihr glaubt, ich bin zu blöd zum Fahren ..."

„Das wissen wir von der Polizei. Wäre aber auch jedem klar gewesen, der deine hintere Stoßstange ansieht."

„Wer macht sowas und warum?" Der Häsin fielen die Augen wieder zu.

Der Wald war weg. Schade.

Nachdem sie alle drei auf sie eingeredet hatten, der Leopold, Giovanni und Antonio (am Telefon), war die Häsin endlich bereit (jajaja, damit Ruhe ist!) mit Leopold, der sich die Woche frei genommen hatte, nachhause zurückzufahren.

„Du musst dich erholen, Euphrosine. Mit einem Rippenbruch ist nicht zu spaßen! Und daheim hast du Ruhe und wirst nicht halb umgebracht auf der Suche nach diesem Kreuz!"

Sie schwieg. Er hatte ja Recht. Alle drei hatten sie Recht. Sie fühlte sich nicht im Geringsten imstande und hatte auch nicht die geringste Lust, sich in ihrem jetzigen Zustand weiter auf die Suche zu begeben. Ihre drei gebrochenen Rippen taten höllisch weh. An Schlaf war nachts nur mit Schmerzmitteln zu denken.

„Die Mizzi bekocht dich, das hat sie schon angeboten, jeden Tag, bis es dir wieder besser geht. Essen auf Rädern sozusagen." Leopold lachte über seinen eigenen Witz, „und du weißt, wie gut die Mizzi kocht!"

„Ich kann sehen, wie gut die Mizzi kocht", sagte Euphrosine mit einem Seitenblick auf Leopolds Bauch grantig.

Sie hatte ihren Pashminaschal zwischen den Sicherheitsgurt und ihre Rippen geklemmt, um die Fahrt einigermaßen zu überstehen.

Sie schloss die Augen und dachte an Giovanni. Er hatte sie beim Abschied liebevoll in den Arm genommen. „Ich bin ganz vorsichtig wegen deinen zerbrochenen Rippen" und ihr versprochen, sie in drei Wochen zuhause zu besuchen.

Es herbstelt ja schon, dachte Euphrosine erstaunt, als sie am nächsten Morgen die Fensterläden öffnete, ganz langsam, um den ziehenden Schmerz in der Rippengegend möglichst zu vermeiden.

Tau hing im Gras und ein leichter Wind strich durch die Bäume. Ein paar Federwolken. Trotzdem Sonne.

Bei einem großen Milchkaffee und einer Buchtel (Die Mizzi nahm ihre neue Aufgabe sehr ernst und versorgte sie nicht nur mit Mittagessen, sondern auch mit Frühstück und Brotzeit.) und dem Kater auf dem Schoß, nahm sich die Häsin den Bibelspruch noch einmal vor.

Nachdem sie den Jesaja-Vers zehnmal gelesen hatte und nicht die geringste Eingebung bekam, gab sie es auf.

Mein Gott, Mama, das Kreuz kann überall versteckt sein, dachte sie frustriert, in Timbuktu, beim Kaiser von China oder am Nordpol! Dieser Bibelspruch ist in keinster Weise hilfreich!

Im Flur klackerte der Briefkasten, die Post war da.

Die Häsin schob den Kater vom Schoß und hob einen Brief in einem länglichen Kuvert auf.

Die Adresse und der Inhalt waren maschinell geschrieben:

Mein liebes Häschen,

nachdem ich sehe, dass du so gar nicht vorankommst auf deiner Suche nach unserem gemeinsamen Schatz, dem Desideriuskreuz, und ein Spiel alleine so gar keinen Spaß macht, habe ich beschlossen, dir einen kleinen Hinweis zukommen zu lassen, damit wir beide die gleichen Chancen haben und keiner mehr weiß, als der andere. Fairness hat in einem Wettkampf doch Priorität, meinst du nicht, Häschen?

Entschuldige bitte den vertraulichen Ton, aber auch hier bin ich dir schon eine Schnupperhasenlänge (findest du das Wortspiel nicht auch toll?) voraus: Ich kenne dich gut und war dir schon zweimal sehr nahe: Du erinnerst dich schmerzhaft, ja?

Sie dürfen mich an dieser Stelle durchaus für meinen Ideenreichtum loben, Frau Hase!

Euphrosine wurde schwindlig und sie sank auf den nächsten Stuhl.

Und, das darfst du mir glauben, ich habe noch eine Menge Ideen für unser Spiel. Du wirst staunen!

„Oh, Gott ...", dachte sie, „oh mein Gott ..."

Nun, damit unser kleines Spielchen Fahrt aufnimmt, hier nun mein Tipp: Das Kreuz befindet sich in Brescia!!! Wer hätte das gedacht?

Und da jedes Spiel Regeln braucht, hier Regel Nummer eins – die erste und einzige Regel in unserem Spiel: Wer das Kreuz gefunden hat, hat gewonnen und darf den anderen töten!! Ist das nicht wundervoll? Ein großer, spannender Spaß!!!

Ich freue mich schon sehr auf unseren gemeinsamen Kampf. Wir treffen uns in Brescia, ich kann es kaum erwarten!

Einen ganz herzlichen Gruß, mein Häschen, bis dann und vergiss nicht: Ich sehe dich!

Der König

Euphrosine stützte den Kopf in die Hände und begann zu heulen. Das dauerte eine gewisse Zeit.

Schließlich schnäuzte sie sich die Nase und rief den Leopold an.

Nun wurde die ganze Maschinerie hochgefahren: Fingerabdrücke keine (außer Euphrosines natürlich), Allerweltbriefpapier und -Umschlag, eingeworfen, daher ohne Poststempel, der Polizeipsychologe bescheinigte dem Briefeschreiber eine narzisstische Persönlichkeitsstörung mit wahnhafter Komponente und man empfahl ihr, nachts nicht mehr alleine das Haus zu verlassen.

Giovanni versicherte ihr, so bald als irgend möglich zu ihr zu kommen und Urlaub zu nehmen um bei ihr zu bleiben. *Aber nicht vor nächster Woche cara mia, ich komme hier nicht weg!*

Er arbeite bei einem namhaften Logistikunternehmen, das internationale Kontakte und Verpflichtungen habe und in den heißen Phasen (also fast das ganze Jahr über) müsse die gesamte Mannschaft unter Hochdruck arbeiten und keiner könne in dieser Zeit Urlaub nehmen, hatte Giovanni ihr erklärt.

Der Leopold war kurz davor, Euphrosine zu evakuieren und bei sich und Mizzi einzuquartieren, hätte sie nicht energisch widersprochen: „Also wirklich, Leopold, ich bin doch kein kleines Kind mehr!"

„Das hat damit doch gar nichts zu tun, Euphrosine! Der Kerl hat es auf dich abgesehen, du hast es selbst gelesen: Das ist ein *Narrischer*, ein Gemeingefährlicher!"

„Ich hab das Handy neben dem Bett, Leopold, da drück ich im Notfall ein Knöpfchen und schon ist die Polizei da." Sie verzog den Mund, was ein Lächeln hätte werden sollen.

Der Leopold gab auf. Er wusste, wie gerne die Häsin in ihrem Haus lebte und er hoffte bei Gott ...

Euphrosine hatte mehr Angst, als sie zugab, viel mehr Angst.

Aber sie war fest entschlossen, sich nicht ins Bockshorn jagen zulassen. Angst ist ein schlechter Berater, sagte sie zu sich und zum Kater, der unbeeindruckt sein Fell putzte.

In dieser Nacht brach das Feuer aus. Die Gartenlaube stand in hellen Flammen, das alte Holz brannte wie Zunder, Funken stoben in den Nachthimmel und tanzten wie Glühwürmchen in der Dunkelheit.

Euphrosine war von einem lauten Knacken und Knistern aufgewacht und als sie aus dem Fenster sah, war ihr die Ursache sofort klar. Sie tastete nach dem Handy und rief mit zitternden Fingern die Feuerwehr an. Anschließend schlüpfte sie schnell in Jogginghose und Sweatshirt und rannte hinaus in den Garten.

Die freundliche grüne Gartenlaube, in der sie so oft an heißen Sommertagen unter dem Blätterdach der Glyzinie gesessen und gelesen hatte, kämpfte tapfer gegen das Feuer. Sie ächzte unter der Glut.

Die Häsin rannte zum Wasserhahn, drehte ihn auf und versuchte mit dem Gartenschlauch gegen die Flammen anzukämpfen. Zischend und ohne Effekt verdampfte das Wasser. Zudem drehte sich der Wind und es entwickelte sich ein starker Rauch.

Die Häsin begann zu husten, gab auf, ließ den Schlauch fallen und sah sich aus sicherer Entfernung an, wie ein Stück ihrer Kindheit zu Asche zerfiel.

Kurz darauf war die Feuerwehr zur Stelle, die aus fünf tatkräftigen Burschen und Mädeln aus dem Ort nebst ihrem Kommandanten bestand und das Feuer mit der Wassergewalt aus mehreren oberarmdicken Schläuchen rasch zum Erlöschen brachte.

Die Gartenlaube lag in Schutt und Asche und hauchte mit der erlöschenden Glut den Geist aus.

Im Widerschein des letzten Glimmens vermeinte Euphrosine am Waldrand eine große Gestalt mit einem Hut zu erkennen, die sich schwarz gegen den Nachthimmel abzeichnete.

Es beginnt

Am nächsten Morgen, die Häsin hatte es nicht anders erwartet, lag ein neuer Brief vor der Haustür.

„Mein liebes Häschen,

na, was sagst du zu meiner feurigen Einladung nach Brescia?
Du weißt ja, ich will spielen und kann es kaum erwarten, dich dort zu treffen!
Solltest du allerdings weiterhin zögern, meiner Aufforderung nachzukommen, werde ich statt des kleinen Häuschens das große Haus anzünden müssen, was ich wirklich sehr bedauern würde...
Überlege nicht zu lange!

Es grüßt

Der König

Euphrosine steckte den Brief zurück in den Umschlag, setzte sich in ihren Schaukelstuhl, wippte hin und her und dachte lange nach. Schließlich sagte sie grimmig:
Du willst spielen? Das kannst du haben!
Aber pass auf König, pass gut auf!

Es war Zeit für frische Luft und Zitroneneis.
Euphrosine entschied sich gegen das Fahrrad, schlüpfte in die Sandalen, nahm vorsichtshalber eine

Strickweste mit (sie hasste es, wenn sie fror) und marschierte ins Dorf.

Der Weizen stand goldgelb im Feld, die Ähren zum Bersten gefüllt. Es war ein gutes Jahr für die Bauern (wenn ihnen nicht der Wettergott noch einen Streich spielte).

In den Gärten blühten die Dahlien in allen Farben, die Sonnenblumen leuchteten und die Tomatenstauden trugen schwer an den prallen Früchten.

Antonio stand vor seinem Café, eine weinrote Schürze umgebunden, und als er sie sah, winkte er schon von weitem:

„Leprotto, so schön, dich zu sehen, komme herein!"

Die Häsin strahlte. Antonio schob ihr den Stuhl zurecht und fuhr die Markise ein Stückchen weiter aus, so dass sie nicht in der Sonne sitzen musste.

„Zitroneneis und Cappucino, bella Signora?"

Ohne ihre Antwort abzuwarten, huschte er hinter seine Theke und kurz darauf fauchte die Espressomaschine.

Als er servierte, bat ihn Euphrosine mit einer einladenden Handbewegung, sich neben sie zu setzen.

„Leiste mir doch bitte ein bisschen Gesellschaft, Antonio, ich muss dir etwas erzählen."

Antonio war ein guter Zuhörer und unterbrach sie nicht ein einziges Mal, als sie von Brescia erzählte, von Signor Visconte und der Begebenheit in seinem Haus, dem Brief ihrer Mutter, dem Desideriuskreuz und dem *Complesso monastico* mit dem Oratorium, dem Autounfall, den Briefen und dem Brand und zu guter Letzt von Giovanni.

Als der Name Giovanni fiel, umspielte ein feines Lächeln Antonios Lippen. Die Häsin sah ihn fragend an: „Kennst du die Geschichte schon?"

„No, no, no ... das, eh, nicht. Aber bin ich stolz, dass dir Giovanni sehr gute gefällt! Ich finde ihn auch sehr gut, wie sagt man, gelungen ..." Antonio schmunzelte und freute sich über Euphrosines verständnislosen Gesichtsausdruck.

Schließlich hatte er Mitleid, nahm ihr Gesicht in beide Hände und lachte: „Giovanni isse meine Sohn, Leprotto!"

„Dein Sohn?! Der Häsin blieb der Mund offen stehen, „aber wie, also ich meine, so einen Zufall gibt es doch gar nicht!"

„Keine Zufall! Haben Leopold und ich geschickte, um zu haben, wie heißt es, eine Auge auf dich!"

„Ein Auge auf mich?!! Na, das ist euch ja prächtig gelungen!"

„Sei nicht böse! Giovanni arbeitet in Brescia gerade, Leopold hat mir gesagt, er hat große Sorge, du so alleine, bist du immer so unvorsichtig, so ich habe vorgeschlagen, Giovanni soll aus Ferne gucken, ob isse alles in Ordnung. Leopold hat ihm gegeben Adresse von Pensione, so hat Giovanni dich gefunden."

Antonio strich sich stolz über das Haar und grinste breit: „Isse wunderbar mir gelungen, das Überraschung!"

Euphrosines Augen verengten sich, sie knurrte: „Ja, wunderbar! Und seine heißen Liebesschwüre? Waren die auch deine Idee, Antonio?!"

101

Der kleine Eisverkäufer wurde sofort ernst:

„No, no, no! Amore du kannst nicht planen, Leprotto. Amore kommt, amore geht, so wie Sonne. Aber amore von Giovanni isse echt!

An Telefono er schwärmt immerzu von bella Euphrosine, er hat mich geschimpfte, padre, du hast mir nicht erzählt, dass so bella Signora wohnt in deine Dorfe!"

Die Häsin musste lachen: „Ihr seid mir so drei Aufpasser!" Sie war gerührt von der Fürsorge ihres alten Freundes.

Nach einer kleinen Pause holte sie tief Luft: „Antonio, ich muss zurück nach Brescia und diesem Spuk ein Ende bereiten.

Ich habe vor, das Desideriuskreuz zu finden, frag mich nicht wie, und es an seinen angestammten Platz im Oratorium zurückzubringen, damit dieser Kampf ein Ende hat.

Nicht nur, weil es der letzte Wunsch meiner Mutter ist, sondern, weil ich spüre, dass ich sonst für den Rest meines Lebens nicht mehr sicher bin.

Dieser Psychopath muss gefunden werden und nur die Suche nach dem Kreuz wird ihn aus seinem Versteck locken.

Ich fahre morgen nach Brescia, und dann Gnade ihm Gott, diesem Herrn König!"

Die Häsin drückte dem alten Herrn einen Kuss auf die Wange, packte ihre Tasche und rauschte davon.

Im Glasschälchen schmolz der Rest vom Zitroneneis.

Wieder Brescia

Sie hatte alle Versuche, sie zu begleiten, abgewehrt (der Leopold wollte sie nach Brescia fahren, Giovanni wollte sie abholen und hinfahren) und alle Warnungen („Reicht es nicht, was bisher passiert ist, Euphrosine? Lass die Toten ruhen, lass das Kreuz wo es ist, da ist es gut aufgehoben! Und kümmere dich um dich selbst. Von mir aus macht euch ein paar schöne Tage am Gardasee, aber dann ist Ruhe und es muss wieder Alltag sein dürfen.") in den Wind geschlagen, war nach Brescia gefahren und hatte wieder ein Zimmer in ihrer Pension bezogen.

Die Wirtin, Signora Frascati hatte ihr freudestrahlend verkündet, dass ihr Zimmer vom letzten Aufenthalt wieder frei sein, sie habe das Bett frisch bezogen und das Zimmer sauber gemacht: „Isse wie neu, Signora Hase, isse picobello!" Sie wedelte mit dem Lappen.

Euphrosine lachte. Sie mochte die quirlige, kleine Frau mit den grauen Locken, die immer in Bewegung war und das Gegenstück zu ihrem behäbigen, dickbäuchigen Padrone, der die meiste Zeit in einer Ecke saß, vor einem Glas Vino und den lieben Gott einen guten Mann sein ließ.

Die Häsin wurde genötigt und als sie zögerte, persönlich auf einen Stuhl am Fensterplatz gedrückt, und schnell wie der Wind hatte Signora Frascati eine Focaccia mit Salz und Rosmarin sowie ein Glas Rotwein vor ihr platziert.

So saß sie da, das Gesicht in die Hände gestützt und beobachtete die Menschen, die in dem kleinen Seitengässschen an ihr vorüberzogen: Touristen in Cargohosen oder Hotpants, mit gestreiften Kurzarmhemden, Tops oder figurgünstigen, hüftlangen T-Shirts, den Fotoapparat oder das Handy im Anschlag, Eis schleckend und alle vergnügt.

Sie musste schmunzeln, als sie an einen typischen Ausspruch von Tante Gundula dachte, den sie immer von sich gab, wenn sie mehr als fünf Menschen auf einem Haufen sah: „Wo kommen's denn alle her und wo gehen's denn alle hin?"

„Wie schön, dich lächeln zu sehen!" Giovanni war unbemerkt hinter sie getreten und küsste sie auf den Nacken.

„Giovanni! Du bist schon da, wie schön!"

Es folgte eine ausgiebige, schweigende Begrüßung, angesichts dieser sich die Wirtin taktvoll in die Küche zurückgezogen hatte.

Als Euphrosine und Giovanni sich dann sittsam gegenübersaßen, wagte sich Signora Frascati mit einer zweiten Focaccia und einer Flasche Wein wieder aus der Küche.

„Weißt du, Schatz, ich hätte große Lust, mit dir eine Tour um den Lago zu machen, ich habe ja noch so gut wie nichts davon gesehen", meinte die Häsin kauend.

„Nichts leichter als das", lachte Giovanni, „ich habe tatsächlich, man glaubt es kaum, Urlaub!"

Es folgten wunderbare Tage.

Sie fuhren mit dem Cabrio um den See, besuchten Bardolino (viel zu viel Wein) und fuhren mit der Seilbahn auf den 2200 Meter hohen Monte Baldo am Ostufer, der auch „Garten Europas" genannt wird, besichtigten die alte Pfarrkirche San Benedetto aus dem 17. Jahrhundert, saßen Beine baumelnd auf der Kaimauer vor den blauweißgestreiften Pfosten und beobachteten die einlaufenden Fähren, statteten Malcesine, der „Perle des Gardasees" einen weiteren Besuch ab und der trutzigen Scaligerburg, die im 14. Jahrhundert von den Herren von Verona erbaut worden war und genossen von oben den herrlichen Ausblick über den See mit den schaukelnden Booten, den Palmen und den bunten Häusern, die sich an den Berg schmiegten.

In Gardono bewunderten sie die mondänen Villen mit ihren türkisfarbenen Markisen und das Grandhotel von 1868.

Sie erklommen die „Cascata Varone" – natürlich hatten sie ihre Regenkleidung vergessen und Euphrosine quietschte, als sie unter dem Sprühnebel des Wasserfalls stand.

Sie besuchten Wochenmärkte – gefühlte einhundert – und kosteten sich durch die regionalen Spezialitäten, flanierten Eis schleckend durch die Arkaden und Gässchen und sogen tief die milde Luft ein, die ein wenig nach Zitrone duftete.

Die Häsin war bis in die Haarspitzen glücklich.

Später, viel später, dachte sich Euphrosine: „Wenn ich diese glückliche Zeit nicht gehabt hätte und nicht so viel Licht davon in mir bewahrt hätte, hätte ich das, was da kommen sollte, niemals ertragen."

Als sie an einem lauen Abend in einem Ristorante mit einem wunderbaren Blick auf den See saßen (Giovanni hatte zwei Tage zuvor schon reserviert), legte die Häsin ihre Hand auf die von Giovanni: „Ich möchte nochmal Signor Visconte aufsuchen, weißt du. Ich möchte wissen, ob es Fortschritte bei der Aufklärung des Mordes an seiner Frau gibt und, das ist der Hauptgrund, in Erfahrung bringen, was er noch über das Kreuz weiß. Ich bin sicher, er hat mir nicht alles erzählt."

„Das glaube ich nicht, Amore. Wer könnte dir etwas verheimlichen!", meinte Giovanni belustigt und küsste ihre Hand.

Die Häsin musste grinsen: „Aber jetzt mal im Ernst, Giovanni. Ich denke, der Bibelspruch ist der Schlüssel zum Fundort. Wenn ich mir nur einen Reim darauf machen könnte!"

„Zeig ihn mir nochmal, bitte." Die Häsin zückte ihr Handy und reichte es Giovanni über den Tisch. Stirnrunzelnd las er die Zeilen.

„Berge mögen von ihrer Stelle weichen und Hügel wanken, aber meine Liebe zu dir kann durch nichts erschüttert werden", murmelte er vor sich hin.

Da kam die Vorspeise: Burrata mit Orange und Honig, geräucherte Blaufelchen und Bruschetta mit Tomaten und Mozzarella, gefolgt von Tortelli di zucca, mit Kürbis gefüllte Tortelli, und Spaghetti con le Sarde. Danach gab es Miesmuscheln, cozze saute und Hecht auf „Barcarola-Art" mit Polenta, zum Dessert dann Zitronentarte, Salame di Cioccolato und Espresso.

„Ich platze", die Häsin lehnte sich glücklich zurück.

„Das wäre sehr schade", Giovanni sah sie mit funkelnden Augen an, „weil, ich habe noch sehr viel vor mit dir ..."

Die Via Don Manolo lag genauso da, wie die Häsin sie verlassen hatte und hielt ihre ziegelroten Häuserdächer unbeeindruckt der Vormittagssonne entgegen.

Das Haus Nummer 131 mit der Tür aus Schokoladenspänen schien sich nicht mehr an Euphrosine zu erinnern. Zumindest blieb es stumm, so oft die Häsin auch die Türglocke betätigte.

Das hatten wir doch schon mal, dachte sie grimmig und nahm die Klinke in die Hand.

Giovanni war nicht begeistert: „Du weißt, was letztes Mal passiert ist, cara mia!", aber da hatte Euphrosine die Tür schon geöffnet und beide erlebten eine Überraschung: Das Haus war komplett ausgeräumt, alle Möbel verschwunden, die Küche abgebaut, die Vorhänge waren weg.

„Ein Wunder, dass sie die Wasserhähne im Bad nicht abgeschraubt haben!", moserte die Häsin.

„Und du bist dir ganz sicher, dass letztes Mal hier Möbel standen und das Haus eingerichtet war?", neckte sie Giovanni und nahm einen Schluck aus seinem Latte Macchiato-Becher.

„Naja, wenn das Haus Nummer 131 auch verschwunden gewesen wäre, hätte ich gedacht, wir wären in Brigadoon, das nur alle 100 Jahre aus dem Nebel auftaucht!"

Sie schielte in den Briefkasten. „Auch leer, keine Post!"

„Lass uns gehen, sonst müssen wir hier noch putzen!" Giovanni fuhr mit dem Zeigefinger über ein Fensterbrett. „Ich kann mir Schöneres vorstellen an diesem herrlichen Tag, als hier herumzustehen." Er legte den Arm um Euphrosine.

Sie machten einen Spaziergang durch den Parco dell'Aqua und entschieden sich für ein Mittagessen bei Signora Frascati.

Bei Carne salade mit Weißbrot und einem Glas Lugana unterhielten sie sich mit der Wirtin, als Euphrosines Blick auf ein Foto an der Wand fiel.

Sie trat näher, um es sich anzusehen: Es zeigte die Altstadt von Brescia, historische Gebäude mit tiefen Rissen, Krater in den Straßen, der Straßenbelag war stellenweise aufgeworfen, Menschen in Panik, ein steinerner Brunnen lag, in mehrere Teile zerbrochen, vor dem Rathaus.

Signora Frascati war neben sie getreten und betrachtete traurig das Foto, sie war aufgeregt und sprach in schnellem Italienisch.

Giovanni übersetzte: „Das war 2004, kurz nach dem großen Erdbeben, dessen Epizentrum Brescia war. Damals stürzten Schulen und Bauernhöfe in der Umgebung ein, auch das Elternhaus von Signora Frascati, die Menschen liefen auf die Straßen vor Angst, es gab 20 Tote."

„Das ist ja furchtbar!" Der Häsin stiegen Tränen in die Augen und sie fasste Signora Frascati tröstend am Arm.

„War das einmalig, oder gab es das häufiger, Giovanni?"

„Das war und ist nicht ungewöhnlich. Brescia liegt auf einem Gebiet mit seismischem Risiko und hat über die Jahrhunderte immer wieder Erdbeben erlebt und wird immer wieder Erdbeben erleben."

„Berge mögen von ihrer Stelle weichen und Hügel wanken ...", flüsterte Euphrosine.

Giovanni sah sie ernst an und nickte.

* * *

Otto schob einen kleinen Holzwagen mit lauten Brummgeräuschen über den Steinboden in Liutgards Kemenate. Seine Wangen waren gerötet vor Anstrengung und die dunklen Augen blitzten lebhaft.

Liutgard wuschelte ihrem Sohn liebevoll durch die schwarzen Locken: „Da hat dir der Melchior aber ein schönes Spielzeug geschnitzt, nicht wahr?"

„Melor!" strahlte der Kleine und blickte zum Hofnarren, der wenige Schritte weiter auf dem Boden saß und die beiden beobachtete.

Melchior lächelte und nahm seine Laute zur Hand. Er zupfte leise eine einfache Melodie.

Otto richtete sich auf, lief auf seinen dicken Beinchen zu ihm hin und nahm mit einem Plumps auf dem freien Bein Platz. Er liebte es, wenn der Hofnarr spielte.

Rosina saß auf einem Stuhl in der Ecke. Die Sonne, die an diesem Spätherbsttag durch das Fenster fiel, wärmte ihr den Rücken. Ihr Haar war grau geworden im Laufe der Jahre, aber ihr Gehör war immer noch ausgezeichnet.

„Liebelein, geht es dir gut? Du atmest schon wieder so schnell ...“

Sie stand auf und tappte zu Liutgard hin, um ihr die Stirn zu fühlen.

„Du bist ja ganz heiß! Wirst Fieber haben!“ Die alte Zofe erschrak.

„Ach Unsinn, mir fehlt nichts! Es ist nur so kalt hier!“ Sie wickelte sich fester in ihr blaues Tuch aus feinster Ziegenwolle.

Melchior warf ihr einen besorgten Blick zu. Auch ihm gefiel die Herrin heute nicht: Ihre Wangen waren fleckig gerötet und die Augen glänzten fiebrig.

„Ich schicke sogleich nach der Magd, dass sie Feuer macht!“ Rosina schlurfte zur Tür.

Draußen begann die Sonne unterzugehen, es wurde dämmrig im Zimmer. Melchior hob das Kind von seinem Bein und setzte es Liutgard auf den Schoß: „Ich hole euch heiße Milch mit Honig und Zimt“, sagte er leise mit einem liebevollen Blick. Seine Hand streifte ihren Arm.

Sie mussten vorsichtig sein: Wenn Konrad nicht hier war, hatte er hundert Augen, die für ihn sahen.

Liutgard hielt seine Hand für einen kurzen Moment fest und sah den Hofnarren an: „Ich wünschte ...“

„Ich weiß, sagte Melchior, ich weiß.“

In der Nacht konnte Liutgard keinen Schlaf finden. Wirre, düstere Träume flogen durch ihre Gedanken, sie schwitzte und fror gleichzeitig und warf sich hin und her.

Schließlich rief sie nach Rosina, die ihm Nebenzimmer schlief. Die alte Zofe war sofort wach und kam an das Bett ihres Lieblings.

Voller Angst bemerkte sie, dass die Laken nassgeschwitzt waren und Liutgards Körper glühend heiß war. Ihr Atem ging schnell und flach.

„Ich werde nach der Kräuterfrau schicken, sie soll dir einen Trank gegen das Fieber brauen."

Doch auch der Tee aus Weidenrinde und Lindenblüten konnte nicht helfen. Der Husten wurde quälender und das Fieber blieb.

Liutgard konnte das Bett nicht mehr verlassen. Rosina hatte in der Küche eigenhändig eine Hühnerbrühe zubereitet, die sie ihr stündlich mit einem Holzlöffel einflößte, wobei sie immer wieder von heftigen Hustenanfällen unterbrochen wurde.

Man hielt den Kleinen von ihr fern, aus Angst, er könne sich anstecken und hatte einen Boten zu Konrad gesandt. Dieser war in Augsburg, um mit Otto zu verhandeln. Es würde Wochen dauern, bis er hier sein konnte.

Die Nonnen hatten begonnen, abwechselnd 24 Stunden Rosenkranz zu beten, um den Himmel zu bestürmen und der Priester, der das Kloster betreute, las täglich eine Messe für die hohe Frau.

Eine ängstliche Stille lag über dem Kloster. An der Kemenate von Liutgard ging man nur noch auf Zehenspitzen vorbei, um sie auf keinen Fall zu stören, die Bauern des Ortes brachten Körbe mit Äpfeln, Zwetschgen und Birnen an die Pforte des Klosters und versprachen, für die Herrin ein Gebet zu sprechen, damit sie bald wieder gesund werde.

Als schien der Himmel ein Einsehen zu haben, erwachte Liutgard am Morgen des neunten Tages und fühlte sich schwach, aber ein wenig besser.

Sie verlangte warme Milch und weiches Brot und schickte nach Melchior. Dieser erschrak, als er an Liutgards Bett trat: Weiß und schmal lag sie in den Kissen, die Lippen blass und die Adern schimmerten bläulich durch die Haut an ihrem Hals.

Rosina verließ den Stuhl neben Liutgards Bett, auf dem sie abwechselnd mit der Magd Tag und Nacht Wache gehalten hatte und setzte sich in den Nebenraum.

Melchior nahm ihre Hände und küsste sie. Wie ein zerbrechlicher Vogel lag sie in seinem Arm. Zu schwach zum Weiterleben.

„Liebster", flüsterte Liutgard an seinem Hals, „achte auf unseren Sohn, wenn ich nicht mehr bin. Bleibe bei ihm, solange du kannst und beschütze ihn."

Melchiors Augen füllten sich mit Tränen: „Das werde ich, mein Herz, das werde ich, ich verspreche es dir."

„Und nimm meinen Ring, sie öffnete die Hand, in der der Granatring lag." Ich will, dass er weitergegeben wird, an alle Frauen in unserer Familie. Das Zeichen unserer Liebe soll nicht verlorengehen."

Sie lehnte sich in die Kissen zurück und atmete tief.

Nach einer Weile fragte sie: „Du hast einmal gesagt, »nichts ist, wie es scheint«, was bedeutet das? Ich muss es wissen."

Melchior hob den Kopf und zur Decke. Er nahm Liutgards Hände ein die seinen: „Ich bin nicht als Hofnarr geboren, weißt du? Mein Vater war ein König, meine Mutter eine Bauerstochter aus dem Dorf. Ich bin ein Bastard, entstanden aus dem Recht der ersten Nacht, dem *Ius primae noctis.* Mein Vater war Berengar I., der König von Italien." Er verbarg sein Gesicht in den Händen. Liutgard strich sanft über seinen Kopf.

„Ich bin am Königshof aufgewachsen, geduldet, mit meinen Halbgeschwistern, der König war ein sehr potenter Mann", er lachte kurz auf. „Mein Vater hatte verfügt, dass alle seine unehelichen Kinder bis zu ihrem 14. Geburtstag im Schloss bleiben durften, danach sollten sie für sich selbst sorgen. So wurde ich, Melchior, unehelicher Sohn des Königs von Italien, ein fahrender Musikant und ein Hofnarr", schloss er, Bitterkeit in der Stimme.

Liutgard hatte mit geschlossenen Augen zugehört und während Melchiors Erzählung immer wieder seine Hand gestreichelt.

„Unser Sohn ist ein wahrhaftes Königskind", flüsterte sie. „Du und unser Sohn, ihr habt mein Leben reich gemacht."

Melchior küsste sie auf die Stirn und streichelte ihre Wange. Draußen fiel in dichten Flocken der erste Schnee.

Liutgard, »Schützerin des Volkes«, aus dem Geschlecht der Liudolfinger, Tochter von Kaiser Otto I. und Ehefrau von Konrad dem Roten aus dem Geschlecht der Salier verschied in den Morgenstunden des 18. November 953. Sie ruht in der Abtei St. Alban in Mainz.

* * *

Der Leopold tigerte in seinem Wohnzimmer auf und ab, auf und ab. Von der Zimmertür zur Terrassentür und wieder zurück. Und wieder zur Zimmertür.

Die Mizzi saß auf dem Sofa und versuchte ein Kreuzworträtsel zu lösen. Nach etwa 20 Mal hin und her und her und hin, sah sie auf und sagte laut: „Du machst mich wahnsinnig, Leopold!"

Er blickte sie an wie eine Fremde und schwieg. Zur Terrassentür und zurück. Nach weiteren 10 Mal ließ er sich in einen Sessel plumpsen. Er nagte an seiner Unterlippe.

Die Mizzi schien hochkonzentriert in ihr Rätsel vertieft. »Italienischer Barockmaler«, »Reni« füllte sie in die Kästchen.

Der Leopold streichelte die Armlehne aus braunem Velours. Plötzlich schlug er mit der flachen Hand darauf.

Die Gattin fuhr zusammen: „Mein Gott, Leopold!"

„Ich mach mir halt Sorgen um die Euphrosine, Mizzi! Sie hat sich drei Tage schon nicht mehr bei mir gemeldet, das ist ganz untypisch für sie!"

„Und hat Antonio etwas von Giovanni gehört?"

„Eben auch nichts! Das ist ja das Merkwürdige! Und bei unserem letzten Telefonat hat sie mir erzählt, sie habe da so eine Idee, wo dieses Kreuz sein könnte ... Aber dann kam anscheinend ihr Essen, weil ich sie noch sagen hörte:»Mhmmm, das sieht ja lecker aus!«"

„Lass doch den Antonio in der Pension anrufen, ob sie die letzten drei Tage dort war."

„Das hat er schon und Signora Frascati meinte, sie habe weder Signora Euphrosine noch Signor Giovanni die letzten Tage gesehen." Leopold stand auf und begann wieder zu tigern.

„Vielleicht machen sie eine Tour, wo sie zwei-, dreimal übernachten? Hast du sie schon mal angefunkt?"

„Freilich!! X-mal! Aber sie meldet sich einfach nicht!"

Mizzi stand auf und begann den Abendbrottisch zu decken. Sie legte zwei Sets auf und stellte Teller, Besteck und zwei Weißbiergläser darauf.

„Willst du die Polizei in Brescia einschalten?" rief sie aus der Küche.

„Ich hab heute mit Kommissar Wanderl gesprochen und er sagt, das ist noch zu früh und bringt gar nix."

„Mhmmm", machte die Mizzi und balancierte ein Tablett mit Butter, Essiggurken, einer Aufschnittplatte mit Käse und ein gut gefülltes Brotkörbchen herein.

„Jetzt iss erst einmal was, Schatzerl, dann sieht die Welt gleich anders aus!" Sie tätschelte dem Leopold begütigend die Hand.

Der Leopold hatte die Ungewissheit nicht mehr ausgehalten (natürlich), den Antonio in sein Auto gepackt, der vor Sorge ganz blass und ungewöhnlich still war und die Mizzi („diesmal fahr ich aber mit!") zusammen mit einem überdimensionalen Picknickkorb („falls es in Italien nichts zu essen gibt") und war kurzerhand an den Gardasee nach Brescia gefahren.

Dort bezogen sie Quartier bei Signora Frascati, deren Adresse die Häsin Leopold glücklicherweise in einem unvorsichtigen Moment verraten hatte.

Die Pensionswirtin war vor Freude ganz aus dem Häuschen, Freunde von Signora Hase beherbergen zu dürfen und fuhr eine riesige Schüssel Papardelle »Sophia Loren« mit Sardellen und Kapern und Mascarponecremetorte zum Nachtisch auf.

Schweigend aßen sie. Bedrückt und hilflos.

Leopold fuhr sich mit der Hand über den Kopf und meinte zu Signora Frascati: „Sie wissen ja, wir machen uns große Sorgen um Euphrosine und Giovanni, weil wir seit Tagen nichts mehr gehört haben von ihnen. Sie antworten nicht auf unsere Nachrichten und gehen nicht ans Handy ... Wir müssen die Polizei einschalten. Hoffentlich ist den beiden nichts passiert", er atmete tief aus. Antonio dolmetschte.

Bekümmert meinte die Signora, sie wisse beim besten Willen nicht, wo die Signora und Giovanni seien. Sie hätten sich weder bei ihr abgemeldet, noch erzählt, was sie vorhätten.

Plötzlich kam ihr ein Gedanke. Sie sprang auf, eilte zur Theke und kam mit einem Stadtplan zurück. Stirnrunzelnd breitete sie ihn auf dem Tisch aus und zeigte mit dem Finger auf einen Gebäudekomplex in der Innenstadt von Brescia, der mit Kugelschreiber eingeringelt war.

„Die beiden haben mich gefragt, was dieses Gebäude ist. Ich habe gesagt, es befindet sich an der Südseite der Piazza della Loggia und heißt »Monti di Pietà«, »Berge der Barmherzigkeit«. Steine, die bei Ausgrabungen gefunden wurden, sind dort in die Wände eingemauert worden und es soll ein Verlies geben, das aus dem 15. Jahrhundert stammt und nicht zugänglich ist, weil es bei dem Erdbeben teilweise verschüttet wurde.

Die Signora war dann ganz aufgeregt und hat den Plan abfotografiert. Vielleicht sind sie dorthin gegangen?"

Ungeduldig sah Leopold Antonio an, bis dieser übersetzt hatte.

„Natürlich!", Leopold schlug mit der Faust auf den Tisch, dass die Gläser klirrten, „das ist es! »Berge der Barmherzigkeit«! Antonio, der Bibelspruch!"

Er zog sein Handy heraus: *„Berge mögen von ihrer Stelle weichen und Hügel wanken, aber meine Liebe zu dir kann durch nichts erschüttert werden."*

Antonio wurde blass: „Du meinst, sie sind unter die »Monti di Pieta« gegangen, das Kreuz zu suchen?"

„Das mein ich nicht nur, das weiß ich, Antonio, das weiß ich!!" Leopold war rot angelaufen und aufgesprungen.

„Wir müssen sofort die Polizei verständigen! Mit Sicherheit ist dieser Wahnsinnige auch dort!"

„Wahnsinnige?" fragte Signora Frascati verständnislos. Mizzi hakte sie beruhigend unter: „Ich bleibe bei Ihnen und erzähle Ihnen die ganze Geschichte. Ganz langsam, dann wird es schon gehen, gell?"

Die Berge der Barmherzigkeit

Die Inszenierung war perfekt und er hatte ganze Arbeit geleistet: Alles war vorbereitet für den Schlussakt. Wunderbar!

Es war nicht einfach gewesen, die Hinweise seiner Vorfahren zu entschlüsseln, aber, es war ihm gelungen.

Und er würde es sein, der das kostbare Kreuz wieder zurückerobert hatte, für seine Familie, für sein Land. Ein wahrhaftig würdiger Nachfahre des Königs von Italien, ja das war er!

Hoffentlich ist die Dicke nicht zu blöd, um hierherzufinden – das würde es kompliziert machen ... Er musste warten. Liebevoll strich er mit der Hand über den Lauf der Pistole. Er fühlte sich angenehm kühl an. Sein großer Moment war nahe: Er würde bald, sehr bald sein Erbe antreten. Sein Körper straffte sich und er nickte huldvoll in eine unsichtbare Menge.

Die Häsin und Giovanni hatten den Gebäudekomplex zunächst von außen umrundet: die sieben kleinen Arkaden im venezianischen Stil, die auf kleinen Säulen ruhten mit einer kleinen Loggia in der Mitte, einer Brüstung die das Stadtwappen trug und darüber einer Reihe von Tafeln, in deren Mitte sich das Hochrelief der Justiz befand. Riesige Wandpfeiler umrahmten die kleine Loggia und den darunter liegenden Laubengang.

Eine kleine Treppe an der Innenseite führte nach unten zu einer Türe mit der Aufschrift: »Accesso vietato«, »Zutritt verboten«. Ein rotweißes Absperrband war diagonal von oben nach unten geklebt.

„Wunderbar", sagte die Häsin entschlossen, „da gehen wir jetzt rein!"

„Bist du sicher?", Giovanni zog die Augenbrauen hoch.

„Nein, ganz und gar nicht. Aber irgendwo müssen wir ja mal anfangen."

„Hoffentlich nicht der Anfang vom Ende ...", murmelte Giovanni.

Mit Druck und gutem Zureden gab die Eisentür schließlich nach.

Als sie schwer hinter ihnen ins Schloss fiel, umfing beide vollkommene Dunkelheit. So plötzlich, dass Euphrosine und Giovanni abrupt stehen blieben, und hofften, ihre Augen mögen möglichst rasch an die Schwärze gewöhnen.

Die Häsin tastete nach Giovannis Hand. „Mein Gott ist das dunkel hier! Wo hast du denn die Taschenlampe?"

Er fand sie in seiner Jackentasche und das Licht warf seinen hellen Schein in die Finsternis. Giovanni glitt mit dem Lichtkegel über den Fußboden vor ihnen, der nass schimmerte.

„Du meine Güte", dachte die Häsin, „einen Schritt weiter und wir wären die Stufen hinuntergefallen!"

Sie strich mit den Fingern über die roh behauenen Felswände: „Hier ist auch alles feucht! Wir müssen direkt unter der *Piazza della Loggia* sein."

„Klug erkannt!", drang von unten plötzlich gespenstisch eine Stimme herauf, die Euphrosine merkwürdig bekannt vorkam.

„Wie schön, dass du mich endlich gefunden hast, mein Häschen! Und du hast auch noch jemanden mitgebracht ... schön.

Falls ihr vorhabt, dieses gastliche Verlies sofort wieder zu verlassen, muss ich euch enttäuschen: Die Tür lässt sich von innen nur mit einem Schlüssel öffnen, den leider ich hier in der Hand halte ..."

Euphrosine klammerte sich an Giovannis Arm.

„Wer sind Sie?", brüllte Giovanni in die Dunkelheit.

Sie fühlten die Stimme lächeln: „Kommt und seht, wie gütig der König ... Es ist alles bereit für das Ende unseres Spiels, für das große Finale. Jeder gewinnt einen Preis: Ich bekomme das Kreuz!", die Stimme lachte böse.

„Wenn Frau Hase nun so liebenswürdig wäre? Ich benötige Sie hier unten!" Sie hörten ein metallisches Klicken. „Das auch noch!", dachte die Häsin.

Giovanni suchte mit dem Licht der Taschenlampe das Innere des Kellers ab, aber es war niemand zu sehen.

„Natürlich", begann die Stimme süffisant von neuem, ich hätte dir den Schlüssel durchaus auch stehlen können, Häschen, ich war ja oft genug in deinem Haus ... Oder, wer meinst du, hat dir die Handtasche an deinen Kühlschrank gehängt, damit du dich in Bewegung setzt oder deine kleine Gartenlaube angezündet ...?

Aber, das wäre zu einfach gewesen, so macht das keinen Spaß! Ich will, dass du das Kreuz findest, ich will, dass du es liegen siehst in seiner unendlichen, einzigartigen Schönheit und ich will, dass du weißt, dass du es niemals, niemals besitzen wirst, denn es gehört mir, nur mir, dem einzig wahren Nachfahren des Königs von Italien, dem Nachfahren von Berengar!

Viele Hundert Jahre lag es hier von meinen Ahnen versteckt! Genommen von Liutgard, dieser Diebin!" Die Stimme war schrill geworden.

An wen erinnert sie mich nur, dachte die Häsin verzweifelt. Ihr wurde allmählich kalt, sie merkte, dass sie zitterte (oder war es die Angst?). Giovanni zog seine Jacke aus und hängte sie Euphrosine um die Schultern.

„Ich beginne jetzt zu zählen: Wenn du bei 10 noch nicht bei mir hier unten bist, Häschen, erschieße ich deinen Freund! Eins, zwei ..."

Euphrosine tastete sich die Stufen hinunter, bemüht, auf den glitschigen Steintreppen nicht auszurutschen. Sie hielt Giovannis Hand fest umklammert. Als sie die letzte Stufe hinuntergestiegen waren, merkte sie, dass sie sich in einem großen Raum befanden, teilweise verschüttet von Steinbrocken. Es war kühl und roch nach feuchtem Mauerwerk.

„Dein werter Herr Liebhaber und seine Lampe bleiben jetzt, wo sie sind und du gehst fünf Schritte in meine Richtung."

Die Häsin erkannte schemenhaft eine schwarze Gestalt am Ende des Raumes, die Kapuze tief ins Gesicht gezogen. Sie stand neben einer Mauernische, die in den Fels geschlagen worden war.

Davor lagen Steine, die vor kurzem herausgebrochen worden waren.

Euphrosine versuchte, das Klappern ihrer Zähne zu unterdrücken, als sie näherkam.

Tief hinten in der Mauernische lag eine etwa 1 Meter mal 1,5 Meter große Holzschatulle, die mit einem ungewöhnlichen Schloss gesichert war: Acht eiserne Ringe waren mit einem schweren Riegel verbunden, der die Schatulle verschloss.

„Das ist ein mittelalterliches Schließsystem, dessen Riegel nur dann aus dem Schloss gezogen werden können und das Schlüsselloch freigeben, wenn diese acht verstellbaren Buchstabenringe, den Aussparungen am Riegel gegenübergestellt werden können, was nur in Kenntnis der richtigen Buchstabenfolge möglich ist", dozierte die Stimme.

„Wir brauchen den Code ...", murmelte die Häsin.

„So ist es. Und ich nehme an, dass deine schöne Mama dir diesen gut gehütet hinterlassen hat?"

„Da irren Sie sich! Ich habe lediglich diesen Bibelspruch und diesen Schlüssel, aber kein Geheimwort und keinen Code, ich muss Sie enttäuschen!", fauchte die Häsin.

„Das glaube ich dir nicht", sagte die Stimme kalt. Euphrosine spürte den Lauf einer Pistole an ihrer Schläfe.

„Es ist aber so", sagte sie matt.

Giovanni hatte im Schein der Taschenlampe das schwarze Metall der Pistole gesehen und warf sich mit dem Einsatz seines ganzen Körpers zwischen die Gestalt und Euphrosine.

Mit einem kurzen, gezielten Schlag gegen die Schläfe setzte ihn sein Gegenspieler außer Gefecht und Giovanni sank bewusstlos zu Boden.

Euphrosine kniete sich sofort neben ihn und nahm seinen Kopf auf ihren Schoß. Eine maßlose Wut begann in ihr zu kochen.

„Ruhig, Häsin, ganz ruhig", sprach sie sich selbst Mut zu. „Versuch, einen kühlen Kopf zu bewahren, klare Gedanken sind das, was wir brauchen."

Sie fühlte Giovannis Puls (Gott sei Dank, er lebte!), zog seine Jacke aus und bettete seinen Kopf vorsichtig darauf. Dann richtete sie sich langsam auf.

Sie fixierte ihr Gegenüber und spürte, wie sich eine gespenstische Ruhe in ihr ausbreitete. Alles, was jetzt noch zählte, war, dass sie und Giovanni, sie beide lebendig diesen Kerker verlassen konnten.

„Sie können die Schatulle mit dem Kreuz haben. Nehmen Sie es und verschwinden Sie! Ich habe diese Spielchen von Ihnen so satt und ich finde Sie zum Kotzen! Hauen Sie endlich ab!"

„Na, na, na, na, na ... der Unbekannte schnalzte amüsiert mit der Zunge, wer wird denn da so ungeduldig sein?

Schau Häschen, das Kreuz in der Schatulle nützt mir ja nichts: Würde ich den Riegel mit Gewalt aufbrechen, würde ich das Kreuz zerstören, denn so ist dieser Mechanismus konzipiert. Leider."

Die Häsin atmete tief ein: „Ich weiß den Code nicht, ich weiß ihn einfach nicht ..."

„Nun, wir haben ja Zeit, nicht wahr? Ich lasse euch beiden Hübschen jetzt hier allein, dann könnt ihr bis morgen nachdenken, ob ihr mir das Codewort anvertrauen wollt und wenn ihr morgen noch nicht mögt, dann vielleicht übermorgen ...

Glaubt mir, irgendwann haben euch Dunkelheit und Durst so zugesetzt, dass ihr mir aus der Hand fressen werdet. Wünsche wohl zu ruhen."

Sie hörte Schritte, die sich entfernten und das Schließen einer schweren Türe. Es drehte sich ein Schlüssel im Schloss. Dann war es still.

Giovannis Taschenlampe war bei seinem Sturz zu Bruch gegangen und ihre Handys hatten keinen Empfang. Sie beleuchtete damit kurz, um Akku zu sparen, Giovannis Gesicht und die Schläfe. Keine Blutung, zum Glück.

Er begann sich stöhnend zu bewegen. Euphrosine streichelte seinen Arm und erzählte ihm mit leisen Worten, was geschehen war.

„Ich werde jetzt unser Verlies abtasten, Schatz, um eine Ahnung von der Größe zu bekommen und vielleicht ist ja doch irgendwo eine weitere Türe."

Giovanni seufzte. Er hatte heftige Kopfschmerzen und ihm war übel. Er versuchte, sich aufzusetzen, aber es gelang ihm nicht.

Die Häsin tastete sich an der Wand entlang und zählte ihre Schritte. Keine Öffnung, überall felsiger, unbehauener Stein, zwei Türen: die eine, die hinter ihnen ins Schloss gefallen und nicht mehr zu öffnen war und die

Tür, die der Unbekannte von außen abgeschlossen hatte und eine Treppe. Und kein Handyempfang. Und kein Wasser. Sie musste dringend pinkeln und setzte sich hinter einen Steinhaufen in die Ecke, die am weitesten von Giovanni entfernt war.

Kräfte sparen, das war jetzt wichtig. In Giovannis Jackentasche fand sie ein Kräuterbonbon, das sie beide zur Hälfte lutschten.

Ob schon jemand nach ihnen suchte? Der Leopold machte sich bestimmt schon Sorgen, aber woher sollte er wissen, wo er suchen musste? Es war zum Heulen ...

Völlig erschöpft schlief sie ein, Giovannis Kopf auf ihrem Schoß.

Sie lief barfuß über weiches Moos.
Die Sonne malte Kringel auf den Waldboden.
So frei, so leicht ...
„Liebelein, nicht so schnell! Dass du mir nicht fällst!"
„Nein, nein, falle nicht!", sie hopste auf einem Bein.
„Liutgard ist schon ein großes Mädchen!"
„L-I-U-T-G-A-R-D!" Jeder Buchstabe ein Hüpfer.
„Liebelein, sei vorsichtig!

Jeder Buchstabe ein Hüpfer ...

Die Häsin fuhr hoch: Liutgard! Natürlich! Acht Buchstaben, acht verstellbare Buchstabenringe! Das ist es!

Giovanni war durch Euphrosine ruckartige Bewegung aufgewacht und fragte schlaftrunken: „Was ist los, wo sind wir? Oh Mann, ich glaube, mein Kopf platzt!"

„Pst, ich habe eine Idee für das Codewort!"

Sie war so euphorisch, dass sie völlig vergaß, wie unendlich durstig sie war. Sie wagte einen Blick auf das Handy: 5 Uhr 10, morgens. Hoffentlich erschien dieser Kapuzenteufel bald wieder!

Er ließ sie nicht lange warten: Kurze Zeit später drehte sich der Schlüssel, die Tür wieherte und die Gestalt im schwarzen Umhang kam herein, eine Taschenlampe in der Hand.

„Na, ihr Süßen, gut geschlafen?"

„Bestens, nur der Zimmerservice lässt zu wünschen übrig!", erwiderte die Häsin böse.

„Oh, danke für die Rückmeldung, wir werden es beim nächsten Mal berücksichtigen! Haben Eure Majestät nun ein wenig über das Codewort nachdenken können?"

„Konnte ich. Aber ich sage kein Wort, bevor mein Freund und ich nicht eine Flasche Wasser und etwas zu essen bekommen haben!"

Stille. Dann eine Antwort mit schneidender Stimme: „Wasser, das ist alles, was ihr bekommt. Und dann will ich das Codewort!" Der Revolverhahn klickte.

Die Häsin rappelte sich langsam auf, ihre gebrochenen Rippen wurden ihr schmerzlich bewusst und jeder Knochen tat ihr weh, sie war völlig steifgefroren.

Auch Giovanni versuchte mühsam, sich aufzurichten und lehnte sich an den Felsen.

„Wenn du dich an dem Riegel zu schaffen machst, versuche ich, diesen Teufel zu überwältigen", flüsterte er.

Euphrosine war froh, dass er ihren zweifelnden Blick nicht bemerkte.

„Hier ist das Wasser." Die Gestalt kickte eine Plastik-wasserflasche in ihre Richtung. Die Häsin tastete sich vor, fand die Flasche, drückte sie Giovanni in die Hand und trank selber dann den Rest in einem Zug aus. Wenn da jetzt noch irgendetwas anderes drin war, als Wasser, ist es vorbei, dachte sie.

„So, Schluss jetzt! Das Codewort, ich befehle es!", brüllte der Schattenmann so unvermittelt, dass die Häsin zusammenfuhr.

Himmel hilf! Sie sandte ein Stoßgebet zur Heiligen Liutgard – gab es die überhaupt? Egal.

Der Mann in schwarz richtete den Lichtstrahl der Lampe in die Mauernische auf die Schatulle.

Hoffentlich machte Giovanni jetzt keinen Blödsinn!

„Ich schaffe das, Liebling, du brauchst mir nicht zu helfen!", sprach sie betont fröhlich in Giovannis Richtung. Keine Antwort.

Konzentriert begann die Häsin einen Buchstabenring nach dem anderen einzustellen, bis da gut sichtbar »Liutgard« stand.

„Sehr schlau!", höhnte die Kapuzengestalt.

Behutsam, dann stärker und nochmal stärker zog Euphrosine an dem Riegel. Nichts geschah. Das Schließ-system bewegte sich keinen Millimeter. Die Gestalt stieß sie beiseite und schob mit aller Gewalt an dem Riegel, ohne jeden Erfolg.

Voll Zorn packte er sie mit der linken Hand an der Kehle und drückte ihr mit der rechten den Lauf der Pis-tole unter das Kinn.

Aus. Dachte die Häsin, aus und vorbei.

Jetzt konnte sie auch sein Gesicht sehen und es traf sie wie ein Schlag: „Signor Visconte!"

Er lachte böse: „Da staunst du, was? Ich hätte dich schon töten können als du dich in mein Haus geschlichen hast! Aber dann hätten wir unser schönes Spielchen nicht spielen können, nicht wahr?"

„Welches schöne Spielchen?", krächzte Euphrosine.

„Nun das ich schon mit deiner Mutter gespielt habe, mein Häschen, nur war sie nicht kooperativ genug.

Ich konnte diesen Spruch aus ihr herauspressen, aber dann ... hat sie sich leider zu früh verabschiedet, bevor sie mir sagen konnte, wo der Schlüssel ist und wie das Codewort lautet!" Er bohrte ihr den Lauf der Pistole tief in die Haut.

„Sie haben meine Mama getötet?!!!", Euphrosine versuchte, ihn anzuspucken, aber ihr Mund war staubtrocken.

„Sie war selbst schuld: Sie wollte mir freiwillig weder den Schlüssel, noch das Codewort geben. Aber du, du wirst kooperieren, weil ich sonst deinen Freund hier erschießen muss."

Er kam ganz nahe an ihr Gesicht, so dass sie seinen Atem riechen konnte. Er hatte getrunken.

„Und ihre Frau, hat sie auch nicht *kooperiert*?" Ihre Stimme war nur noch ein heiseres Flüstern.

Signor Viscontes Mundwinkel zuckten kurz. „Sie wollte dich warnen, weil sie gesehen hat, dass ich dich beobachte! Das konnte ich nicht riskieren!

Sie wurde schon misstrauisch, als ich die Villa kaufte, in dieser Pampa!"

„Sie haben die Mutter ihrer Kinder umgebracht?!!
Was sind Sie nur für ein Scheusal!!"

Der Griff seiner Hand wurde fester und Euphrosine bekam kaum noch Luft, ihr Gesichtsfeld wurde kleiner und füllte sich mit einem Regen aus schwarzen Sternen.

„Wie lautet das Codewort, verdammt?"

Da sprang ihn Giovanni von hinten an und versuchte, Euphrosine aus dem eisernen Griff zu befreien. Es gelang, Euphrosine sank auf die Knie und rang nach Luft.

Giovanni wurde nach einem kurzen Gerangel von Visconte zu Boden geworfen und seine Hände mit einem Kabelbinder auf dem Rücken fixiert.

„Und du", wandte er sich wieder an die Häsin, „du kooperierst jetzt, und sagst mir dieses Codewort, SONST VERGESSE ICH MICH!!!!"

Euphrosine verließ das letzte bisschen Mut.

„Ich weiß es nicht, flüsterte sie, ich dachte, ich wüsste es – aber ich weiß es nicht ..." Ihr Kopf war wie ausgetrocknet. Gedankenfetzen scharrten darin herum wie hilflose Hühner.

Der Kapuzenmann schlug ihr mit der flachen Hand ins Gesicht. Tränen schossen ihr in die Augen und der Hass stieg ihr heiß in die Kehle.

„Ach Mama", dachte die Häsin, „was soll ich nur machen ...?"

Sie versuchte sich zu beruhigen: „Mama, Amam, Mama, Amam, liebe Mama, ebeil Amam ...

Natürlich!"

„Leuchten Sie mir!", fuhr sie Signor Visconte an, von verzweifelter Entschlossenheit gepackt. Dann stellte sie langsam einen Buchstabenring nach dem anderen ein, bis das Wort „Dragtuil" erschien.

Sie steckte den Schlüssel ins Schloss, zog am Riegel und das Schließsystem klickte. Die Schatulle war offen. Danke! Danke, danke, danke, dachte die Häsin mit weichen Knien.

Der Signore neben ihr atmete heftig, steckte sich hastig den Revolver in den Hosenbund und öffnete vorsichtig den Deckel.

Gebettet in dunkelrotem Samt, lag da in unversehrter Schönheit das Desideriuskreuz.

Euphrosine stiegen Tränen in die Augen, sie war tief bewegt: „Es ist so wunderschön ...", flüsterte sie.

Und dann ging alles ganz schnell.

Visconte schlug den Deckel der Schatulle zu. Giovanni hatte sich unbemerkt aufgerichtet und trat ihm mit der ganzen Wucht seines Körpers in den Rücken. Beide gingen zu Boden und rangen um Leben und Tod miteinander.

Am **Beginn** der Treppe öffnete sich mit einem Knall die Türe, und oben (Euphrosine hätte nie gedacht, dass sich einmal so über seine Stimme freuen könnte), oben stand der Leopold brüllte wie ein Stier: „Bist du da unten, Euphrosine?!!!"

„Ja, Leopold, bin ich, bin ich!" schrie sie zurück.

Zwei Polizisten drängten herein, eilten die Stufen herunter und stürzten sich auf Signor Visconte.

Handschellen klickten ... und frische Luft, oh wie schön, frische, herrliche Luft drang in das Verlies. Und

Licht! Wundervolles Tageslicht! Die Häsin musste blinzeln.

Visconte zischte etwas auf Italienisch, was ziemlich unfreundlich klang, als er abgeführt wurde und Euphrosine war froh, dass sie es nicht verstand.

Abgrundtiefe Genugtuung und eisiger Hass stiegen in ihr auf, als sie ihm nachblickte.

Sie nahm Giovanni in den Arm, der sich kaum noch auf den Beinen halten konnte, ließ die Kabelbinder um seine Handgelenke kappen und führte ihn zusammen mit Leopold vorsichtig nach oben. Dort wartete voll Sorge Antonio auf seinen Sohn.

Er fiel ihm um den Hals und ratterte etwas auf Italienisch, was die Häsin nun gerne verstanden hätte. Es war auf jeden Fall höchste Zeit für einen Italienischkurs, und zwar mit einem Personalcoach ... sie lächelte in sich hinein.

„Ich muss nochmal hinunter, Leopold! Das Kreuz holen!"

„Geh, bleib da, Euphrosine, das machen doch die Carabinieri! ... Herrschaftszeiten, so was Eigensinniges!"

Die Häsin lieh sich eine Taschenlampe und stieg noch einmal die Stufen in das alte Verlies hinunter. Sie öffnete die Schatulle, fuhr zart mit dem Finger über die Intarsien des Kreuzes und flüsterte: „Ich bin gekommen, um dich nachhause zu bringen, *Tesoro.*"

Dann klappte sie behutsam die Schatulle zu und trug das Desideriuskreuz nach oben ins Licht.

Daheim

Bischof Antonio inzensierte ausgiebig und der Weihrauch kräuselte sich in dichten Rauchsäulen, von Sonnenstrahlen diffus durchschimmert, **hinauf in die Kuppel des Gewölbes.**

Das Oratorium war komplett besetzt bei der abendlichen Dankvesper, zu der die Museumsdirektorin Signora Masserati geladen hatte, nachdem ihr Euphrosine die Schatulle mit dem Kleinod übergeben hatte.

Das Desideriuskreuz strahlte auf seinem Stammplatz in der Mitte **des Altars,** als wäre es nie weggewesen.

Glücklich drückte die Häsin Giovannis Hand, als der uralte Psalm erklang:

Und im Haus des Herrn darf ich wohnen für alle Zeit.

Epilog

Konrads Tod

Am Morgen des 10. August 955, dem Gedenktag des Heiligen Laurentius brach eine solche Menge Ungarn in den bayerischen Raum zwischen Donau und Alpen ein, wie sie noch nie gesehen worden war. Sie überschritten den Lech und belagerten die Stadt Augsburg. Bischof Ulrich ließ in seiner Not die ganze Nacht hindurch Nonnen in Prozessionen durch die Stadt ziehen, die Gebete zur Muttergottes sprachen.

Otto I. und Konrad der Rote versammelten ihre Truppen auf dem Lechfeld, wo sie die Ungarn erwarteten, die mit martialischer Wucht auf die Legio Regia Ottos trafen.

Es wurde ein schreckliches Gemetzel und man erzählt, dass Konrad I. maßgeblich am Sieg von Ottos Heer über die Ungarn beteiligt war.

Während des Kampfes war die Sommerhitze unerträglich geworden, schwere Gewitterwolken standen am Himmel, es war drückend schwül. Konrad der Rote hatte im Schlachtgetümmel, um Luft ringend, schweißüberströmt die Bänder seines Panzers geöffnet, als ihn ein tödlicher Pfeil justament am eben freigelegten Hals traf.

Unterdessen hatte die Madonna die Fürbitte der Augsburger Nonnen erhört, denn es ging ein Wolkenbruch nieder, der die Kompositbögen der Ungarn, die

aus Horn, Knochen, Sehnen und Hölzern zusammenge-
leimt waren, auseinanderfallen ließ.

Zudem schwoll der Lech durch die Wassermaßen
derart an, dass eine Flucht der besiegten Magyaren nicht
mehr möglich war.

Die Anführer wurden gefangengenommen und nach
Regensburg überstellt, wo sie Heinrich I. hängen ließ.

Konrads Leichnam wurde nach Worms überführt und
in Anwesenheit Ottos I. im Dom beigesetzt. Seine sterb-
lichen Überreste ruhen heute noch dort in einem Stein-
sarg in der Saliergruft.

Dank

Als vor einem Jahr im ersten Lockdown 2020, der dem Corona-Virus geschuldet war, die Häsin damit begann, in meinen Gedanken aufzutauchen und sich ihre Geschichte wie von selbst vor mir entrollte wie ein Teppich, hätte ich nicht gedacht, dass man zu Figuren, die der eigenen Phantasie entsprungen sind, so eine enge Beziehung aufbauen kann. Und doch haben mich Euphrosine, ihre Familie und Freunde für 12 Monate begleitet, meinen Alltag bevölkert und bereichert und so über einige covid-bedingte Durststrecken hinweg geholfen. – Danke euch dafür!

Ein großes Dankeschön gebührt an dieser Stelle hochverdient meinem Mann, der unermüdlich formatiert und sich um das Layout gekümmert hat. Er hat meine literarisch bedingten Absencen geduldig ertragen und mich und mein Projekt stets hilfreich unterstützt.

Und nicht zuletzt ein großer Dank an meinen Vater, der mir sein Talent, gute Geschichten zu erzählen – und ich hoffe sehr, dass dies eine ist – vererbt hat.

So, und jetzt braucht die Häsin einen Espresso und eine Kugel Zitroneneis ...

Susanna Nickl wurde am 8. Juni 1965 in Sindelfingen geboren und wuchs in Nürnberg auf.

Sie ist verheiratet, Mutter von drei Kindern und arbeitet als Ärztin.

Seit 1996 lebt sie mit ihrer Familie in Niederbayern.

Die Liebe zum Schreiben entdeckte sie bereits in ihrer Jugend und hat seitdem zwei Bücher, Gedichte und Kurzgeschichten veröffentlicht.

Zeitfracht Medien GmbH
Ferdinand-Jühlke-Straße 7
99095 Erfurt, Deutschland
produktsicherheit@kolibri360.de